北京语言大学阿拉伯研究中心基础研究文库
教育部“中非高校20+20合作计划”项目资助

دراسة في الفنون السردية لروايات الكاتبة السعودية رجاء عالم
– "طوق الحمام" نموذجا

沙特女作家拉嘉·阿丽姆的小说叙事艺术

——以《鸽子项圈》为例

汪颉珉 著

北京语言大学出版社
BEIJING LANGUAGE AND CULTURE UNIVERSITY PRESS

图书在版编目（CIP）数据

沙特女作家拉嘉·阿丽姆的小说叙事艺术 ：以《鸽子项圈》为例 / 汪颉珉著 .-- 北京：北京语言大学出版社，2016.6

ISBN 978-7-5619-4523-0

Ⅰ.①沙… Ⅱ.①汪… Ⅲ.①阿丽姆－小说研究 Ⅳ.① I384.074

中国版本图书馆 CIP 数据核字（2016）第 140772 号

沙特女作家拉嘉·阿丽姆的小说叙事艺术
——以《鸽子项圈》为例
SHATE NÜZUOJIA LAJIA · ALIMU DE XIAOSHUO XUSHI YISHU
——YI《GEZI XIANGQUAN》WEI LI

排版制作：北京创艺涵文化发展有限公司
责任印制：姜正周

出版发行：北京语言大学出版社
社　　址：北京市海淀区学院路 15 号，100083
网　　址：www.blcup.com
电子信箱：service@blcup.com
电　　话：编辑部　8610-82303647/3592/3395
国内发行　8610-82303650/3591/3648
海外发行　8610-82303365/3080/3668
北语书店　8610-82303653
网购咨询　8610-82303908
印　　刷：北京九州迅驰传媒文化有限公司

版　　次：2016 年 6 月第 1 版
印　　次：2016 年 6 月第 1 次印刷
开　　本：710 毫米 ×1000 毫米 1/16　　印　　张：9
字　　数：133 千字
定　　价：31.00 元

PRINTED IN CHINA

序

在阿拉伯伊斯兰世界，沙特阿拉伯的地位颇为特殊。它是伊斯兰教的发源地，在整个伊斯兰世界具有不可替代的宗教文化影响力；它又是世界石油储量最丰富的国家，具有雄厚的财力和发展潜力；它还是中东的人口大国、政治大国，对这一地区有着举足轻重的政治影响力。在地区强国伊拉克、叙利亚先后崩溃，埃及又陷入深重危机的背景下，沙特阿拉伯的重要性愈显突出。

因此，我国学术界对沙特这个中东大国的重视与日俱增，从政治、经济、能源、安全、宗教、历史等视角研究沙特的成果也为数不少。由于近年来中东地区的许多事端都与沙特有着某种关联，我国民众也对这个国度产生了浓厚的兴趣。然而，学界与民众对沙特的文学却知之甚少，这不能不说是一个遗憾。因为较之学术研究和媒体报道，文学提供的视角更感性、更直观，有助于我们从细微处深刻了解一个社会、一种文化。爱德华·萨义德在谈及现代美国对阿拉伯、伊斯兰的认识中忽视文学这一现象时指出："这一引人注目的缺失的最终后果，是使这一地区及其人民成为干巴巴的理论概念，被简化为'态度'、'趋势'、统计数据之类的东西：简言之，被非人化了。"鉴于沙特社会文化的特殊性，如果不通过文学去细微、逼真、深刻地了解这个国家，它呈现在我们面前的形象，就不仅仅是干巴巴的理论概念和统计数据，而且还始终被一层厚厚的面纱隔开，令人倍感神秘和陌生。

现代阿拉伯文学的发展，在地域分布上确实呈现出不平衡的特点。埃及、黎巴嫩、叙利亚与伊拉克既有悠久丰厚的文明根基，又处在阿拉伯社会变革、动荡的中心，与西方的接触也较为频繁，因而成为现代文学的先行者。比较而言，海湾国家原先只处于阿拉伯文学的边缘地带。沙特现当代文学的地位，与其举足轻重的宗教、经济与政治地位一度并不相称。其现代文学的复兴起步较晚，20 世纪初，才出现用阿拉伯语创作的现代诗歌；至20世纪中叶，才有较成熟的小说问世。然而，沙特文学的发展和进步又是十分迅速的。今天的沙特文学，已成为阿拉伯文学版图的重要板块，其主要成就体现为长篇小说。近一二十年，沙特涌现出多位著名的小说家，他们已跻身阿拉伯一流作家之列。其中，阿卜杜·拉赫曼·穆尼夫是一位高产作家，其代表作《盐城五部曲》颇像一部史诗，展现了批判现实的政治锋芒，对现代叙事技巧的运用也很娴熟。加齐·古赛比兼有诗人、小说家、政治活动家的身份，其长篇小说《欧斯福里亚疯人院》是一部寓意深刻、影射现实的讽刺小说，曾被阿拉伯作协评为“20世纪最佳105部阿拉伯小说”之一。2005年，图尔基·哈迈德发表了以“9·11”事件劫机者为主要人物的小说《天堂之风》，成为首位根据这一重大事件创作小说的阿拉伯作家。近年活跃于沙特文坛的阿卜杜胡·哈勒，2009年以兼有生态文学和现实主义文学特征的小说《喷射火星》荣获阿拉伯最重要的小说大奖——阿拉伯小说国际奖。

令人颇感意外的是，在沙特这个较为典型的男权社会里，也有众多女性涉足文学，并在文坛留下了鲜明的印记。1958年，萨米拉·哈希戈齐出版了沙特第一部女性小说《别了，我的希望》。此后，一代代沙特女作家脱颖而出，她们继承了遥远的前辈、《一千零一夜》故事讲述者山鲁佐德的智慧和才华，也继承了山鲁佐德以故事感化暴君的理想：希望用自己的写作，证明女性有存在的权利，并为改变这个男尊女卑的世界而努力。她们在作品中大多关注女性的解放，抨击封建礼教与陈规陋习，有些女作家还表达了超越性别的社会责任感与忧患意识。除了女性文学的奠基者萨米拉·哈希戈齐以外，胡达·拉希德、莱拉·朱哈尼、拉嘉·萨妮厄等人，也是沙特女性文学发展历程中具有里程碑意义的作家。而以长篇小说《鸽子项圈》(2011）摘得阿拉伯小说国际奖的拉嘉·阿丽姆，则成为首位获得这一殊荣的阿拉伯女性，她也成为沙特女性文学进入成熟期、得到阿拉伯文学界普遍认可的标志性人物。

汪颉珉博士的这部著作，即将把读者引入拉嘉·阿丽姆的代表作《鸽子项圈》的艺术世界。诚如阿拉伯小说国际奖评委会所言，这部小说“是一次跨越时空的旅行，一种通过制造虚幻时间和思维空间来打破桎梏的尝试，一场通向释放灵魂及其无限创造力的旅程”。因此，颉珉的著作便是引领我们开始这一旅行的向导。这无疑是一次令人充满期待的旅行，因为它的目的地是万众瞩目的伊斯兰圣地麦加；而且，女作家倾其才华塑造的这个麦加，并非高高在上、圣洁无暇、拒凡人于城池之外，它“是一个现实、神圣和欲望交织，充满矛盾和复杂性的麦加”。这次旅行又确实需要一个能够指点迷津的向导，因为作家“描绘了一幅迷宫般的麦加图景……它是作者将时空隧道打通，将幻想与现实糅合构建的一个特殊的空间”。经过颉珉的指点，我们穿过作家用“多线缠绕的故事结构、众声喧哗的叙述群体、碎片化的时间形态以及多元化的空间类型”打造的迷宫，认识了一个经过艺术加工却“具有不容置疑的真实性”的麦加。这个麦加，有它独特的声音、色彩和味道，它是淳朴的、温馨的、神圣的，却也展现出不为人熟知的另外一些现象：贪婪、腐败、暴力、极端、贫穷、毒品、卖淫……总之，在“神之城”麦加背后，还隐藏着一个本质上无异于人世间许多城市的“人之城”或“大地之城”。然而，颉珉还提醒我们，这个麦加的“虚幻性和真实性一样显著”，它“不是我们通过任何其他途径可以认识的那座圣地，它只属于叙事文本，带有强烈的个人色彩，它是作者用自己独特的语言所构建的独一无二的麦加”。在这个艺术化的麦加那里，作家寄托了对于过去的留恋与遗憾，对于现实的无奈与愤懑，对于未来的期待与迷茫。在这一意义上，麦加还是作家自身复杂而矛盾的思想、情感的投射体。

在阅读颉珉充满灵性的文字时，我时常感受到青出于蓝的欣喜。在我看来，她之所以能成功地进入并走出作家为《鸽子项圈》设置的“迷宫”，除了她本人的聪慧通悟之外，还在于她掌握了开启迷宫之门的钥匙，即从叙事的角度去解读小说。正如一位阿拉伯评论家所指出的：“《鸽子项圈》的获奖，是对拉嘉以独特方式运用各种叙事元素进行创作的高度肯定。”这部小说对各种现代叙事技巧的娴熟运用是引人注目的，比如以非线性顺序排列事件，刻意消解故事的独立性，将隐喻象征、历史传说、宗教寓言、幻想噩梦、内心独白杂糅到文本之中，等等。因此，这部小说又如另一位评论家所言："是与众不同的，非常适合深刻的文学批评。其能指极为丰富，好像一片肥沃的土壤，适合现代文学批评；而所指亦包罗万象，涉及主流社会文化事件及其相互关联的方方面面。"颉珉借助叙事学的理论工具，在《鸽子项圈》这片文学沃土深耕细挖，收获颇丰。借助经典叙事学理论，她分析小说的形式结构、人物塑造、叙事角度、叙事时空；借助后经典叙事理论，她在解析文本结构时将意识形态、文化语境、政治事件等纳入视野，得以深层次地解读小说聚焦的社会矛盾和传达的微言大义。她对理论的运用也许稍显生硬，但重要的是，她没有被作家令人炫目的现代叙事手法所迷惑，而是注意到小说含有的现实主义的厚重内核，因为"现实过于沉重，压得灵魂飞不起来，那就只能踏踏实实地贴近地面去直视不堪，接受污秽，挤压出心中的郁结"。颉珉在这里道出的，其实是阿拉伯现当代文学的一个整体特征：现实是如此沉重，作家们无论在实验性方面走得多远，其作品都摆脱不了现实主义内核的巨大引力。

在颉珉博士论文基础上充实、完善的本书即将付梓之际，我还获悉她正计划将《鸽子项圈》译介成中文。因此，我在祝贺颉珉新作即将问世的同时，也希望她早日完成这部译作。这样，感兴趣的中国读者，就有机会通过拉嘉·阿丽姆的这部杰作，去了解沙特文学的魅力，并通过作家创造的那个文学意义的王国，去了解麦加、沙特乃至整个阿拉伯世界——一个被各种误解遮蔽、却像鸽子的颈项一样色彩斑斓的世界。

薛庆国

前 言

自从 1958 年萨米拉·哈希戈齐出版了其第一部小说《别了，我的希望》以来，沙特的女性作家用半个多世纪的创作实践，再现着她们鲜为人知的日常生活和丰富情感，也构建着属于自己的语言王国。她们发出的声音，让人们注意到了沙特的另一面，一个不同于“石油富国”“保守社会”等刻板形象的“阴性”的沙特。这个沙特具体而真实，生活在这里的人们和世界上其他任何地方的人一样，有着琐碎的幸福和痛苦。在宏大叙事日益被消解的今天，她们通过小说，在一个历来以诗歌为档案的男性世界里，找到了一条私人化的突围之路。

截止到 2008 年，沙特已经出版了 100 多部女作家写的小说，这个数量还在不断增加，其中新世纪以来出版的女性小说就有 70 多本，是以往出版总数的两倍。以大致十年为一个阶段，用表格显示沙特女性小说的创作状况，我们可以更清楚地看到其发展脉络：

时间	1958—1967	1968—1977	1978—1987	1988—1997	1998—2008
数量（部）	3	6	6	10	83

按照哈立德·本·艾哈迈德博士的归纳，沙特女性小说在过去的 50 多年中，经历了以下几个具有里程碑意义的节点：

起点（1958）：萨米拉·哈希戈齐出版了她的第一部小说《别了，我的希望》，宣告了沙特女性小说的诞生。这部小说的历史价值大于文学价值。

奠基点（1976）：胡达·拉希德出版了她的第一部小说《明天是星期四》，这是第一部在小说结构、人物塑造方面达到真正的小说艺术标准的作品。

繁荣点（1998）：莱拉·朱哈尼出版了她的第一部小说《废弃的天堂》，宣布了沙特女性小说从现实主义向现代主义的转变。小说涉及很多在沙特被视为禁忌的内容，质疑社会权威，暴露社会问题，引起了社会各界的普遍反响。

扩张点（2005）：拉嘉·萨妮厄出版了她的小说《利雅得少女》，将沙特女性小说置于国家、地区乃至世界的聚光灯下。此作一经出版就以破纪录的速度迅速脱销，成为当年最畅销的小说之一。对于很多人来说，沙特女性文学就是这样进入他们视野的，这也是“9·11”带来的一系列影响在文学、文化上的某种体现。虽然这部小说的文学价值一直饱受质疑，并在很大程度上促成了沙特女性文学的一轮良莠不齐的井喷，但它的影响和历史意义是不容忽视的。

因为哈立德博士研究的时间点截止于 2008 年，所以三年后的一个重要节点没有被纳入其中，笔者认为很有必要补充进去：

成熟点（2011 年）：拉嘉·阿丽姆的小说《鸽子项圈》获得了当年的阿拉伯小说国际奖，该奖项也被称为阿拉伯“布克奖”。拉嘉·阿丽姆因此成为首位获此殊荣的阿拉伯女作家。这标志着沙特女性作家的小说创作得到了更广泛的认可，改变了很多评论家对这些作品平面化、单一化的固有印象。

拉嘉·阿丽姆是沙特当代小说家中最具代表性的人物之一。1987 年，她在一年之内发表了三部戏剧和一部小说，以一种蓄久而发的姿态登上沙特文坛。凭借比同时代女性作家更加成熟的创作技巧，以及充满寓言、象征和具有苏菲神秘主义特质的语言风格，建立了属于自己的小说世界，引起了评论界的普遍关注。迄今为止，拉嘉已出版了四部戏剧作品、十部中长篇小说及短篇小说集、两部英语小说，其多部作品被翻译成英语、法语和西班牙语。有西方评论家甚至把她视为“阿拉伯世界的纳博科夫”，因为“两者的作品都是技巧精湛、知识渊博的，带着狡黠甚至是危险”[①]。其第一部小说《四—零》“运用一种从形式到内容都全新的方式，扰乱了男性小说家创建的主流模式”[②]，获得了“伊本·陶菲勒短篇小说奖”；2005 年，她获得了联合国教科文组织“阿拉伯女性创

① Tom McDonough. Raja Alem. *BOMB—Literature*. 103/Spring. 2008.

② 哈立德·本·艾哈迈德《沙特女性小说》，汪颉珉译，北京：朝华出版社，2013 年，第 96 页。

新写作奖”；2007 年，拉嘉获得了黎巴嫩文化论坛颁发的“阿拉伯创作奖”，评委会认为她代表了来自沙特的独特声音。2011 年，拉嘉的最新小说《鸽子项圈》在阿联酋荣获阿拉伯小说国际奖，成为了第一位获此殊荣的女性作家。

拉嘉“向我们展示了一种完全无视小说写作规范的小说，这是她用以瓦解叙事文本、剥离特定的叙事特征甚至写作特征的一种策略”[①]。评论家穆阿吉布·阿德瓦尼博士在一次访谈中谈到拉嘉的创作时，说：“她的小说创作是与众不同的，非常适合深刻的文学批评。其能指极为丰富，好像一片肥沃的土壤，适合现代文学批评；而所指亦包罗万象，涉及主流社会文化事件及其相互关联的方方面面。她的作品令人称奇，甚至可以说富有传奇性，其中综合运用了各种现代写作技巧，尤其是一些在现代诗歌中常用的视觉形象技巧。”[②]

《鸽子项圈》是拉嘉到目前为止篇幅最长的一部长篇小说，2012 年 3 月，阿拉伯小说国际奖评委会宣布：沙特女作家拉嘉·阿丽姆的《鸽子项圈》和摩洛哥前文化部长穆罕默德·艾什阿里的《拱门与蝶楼》共同获得 2011 年度阿拉伯小说国际奖。这在沙特文化界引发不小的震动，有些人认为如果不是一些非文学的因素，《鸽子项圈》完全可以独占鳌头；另一些人则认为小说把圣城麦加描绘得阴暗不堪、耸人听闻，根本没有资格获奖；而一些保守人士更是对拉嘉发起猛烈的人身攻击。无论是褒是贬，获奖本身是对拉嘉 20 多年创作生涯的一种嘉奖，也是对这部小说文学价值的一种认可。阿拉伯小说国际奖的官网上对《鸽子项圈》做了如此评述：“这部小说是过去与现在、真实与幻想的有机混合物。有些人物是有血有肉的，有些则是梦的产物。主要叙述者不是拉嘉，也不是任何一个人物，而是一条叫‘人头巷’的小街，故事的主要人物就生活在此，当人物开始讲故事的时候，更像是展示而非叙述。……《鸽子项圈》是一次跨越时空的旅行，一种通过制造虚幻时间

① عبد الله محمد الغذامي، «تأنيث القصيدة والقارئ المختلف»، المركز الثقافي العربي ، بيروت / الدار البيضاء 1999، صفحة 97.
② د. معجب العدواني، جريدة الرياض، 25 ديسمبر 2008م، العدد 14794.

和思维空间来打破桎梏的尝试，一场通向释放灵魂及其无限创造力的旅程。”①

拉嘉的作品大多以麦加为叙事背景，而《鸽子项圈》更是将视点进一步拉近，聚焦在麦加一条不为人知的小巷里，同时又启动全景模式，将叙事空间延伸至吉达、麦地那甚至欧洲的城市。在叙事时间方面，通过日记、书信等手段将历史以记忆的方式呈现，呈网状发散在过去与现在。而在这时空迷宫中心的，是正在寻找出口的女性。拉嘉的作品往往以女性为主角，《鸽子项圈》也不例外，但这次主角不是某个或几个女性，而是众多女性的集合体。人头巷里的被害人身份成谜，可能是任何一位姑娘。而阿伊莎、艾宰、努尔这些女性，究竟是身份、经历截然不同的女性，或者根本就是同一个人？可以说《鸽子项圈》承袭了拉嘉作品的一贯手法和风格，但在深度和广度上得到了进一步拓展，是其叙事艺术的集中体现之作。正如评论家、作家齐耶德·萨利赫博士所说：“《鸽子项圈》的获奖，是对拉嘉以独特方式运用各种叙事元素进行创作的高度肯定。”②

《鸽子项圈》问鼎阿拉伯小说国际奖，使得拉嘉作品研究进入了一个新的阶段。但是拉嘉的小说几乎都在沙特境外出版，部分作品在沙特迄今仍然是禁书，所以这方面的阿拉伯文文献还不成规模，大多是文学评论或者学生论文。

马哈茂德·阿里·丁在《费萨尔国王大学学报》2001年第1期发表了论文《小说话语与文本隐喻》，他以拉嘉的小说《瓦哈丹，我的先生》为例，分析了拉嘉作品的结构和主题。穆阿吉布·阿德瓦尼在硕士论文《拉嘉·阿丽姆小说〈丝路〉的互文性》中分析了拉嘉的叙事技巧，认为她的写作手法迥异于传统叙事。他在一篇访谈中针对拉嘉的小说作品做了较为详细的评价，对拉嘉小说的创作阶段进行了划分，并以具体小说为例说明了每个阶段的特点。哈桑·纳厄米博士在论文《沙特小说：

① http://www.arabicfiction.org/book/57.html

② د. زياد صالح، جريدة الجزيرة، 1432، العدد 336.

双声部的旅程》和《沙特小说发展阶段》中，也有对拉嘉及其作品的简单介绍和评价，称她的创作是多样化而严肃的，以文学构建为出发点，总是试图从现实中揭示难以言说的虚幻性，不同于其他女性作家沉浸在话语的意识形态中，把小说创作仅仅当成抨击社会、抒发自我的工具。评论家萨米·杰迪里撰写的论文《女性叙事中的女性边缘地位》述及拉嘉及其作品，他特别强调了拉嘉运用历史传说的技巧。沙特国王大学法帖玛·费萨尔·阿提比以拉嘉小说为研究对象，撰写了硕士论文《女性叙事：拉嘉·阿丽姆小说研究》，从女性叙事学视角对拉嘉的六部中短篇小说进行解析。此外还有阿卜杜·拉赫曼·阿克米的《拉嘉·阿丽姆小说和读者阐释》、穆罕默德·哈兹的《拉嘉·阿丽姆小说〈鸽子项圈〉：区分“活着”与“生活”》、赛义德·萨里赫的《走进拉嘉·阿丽姆的世界》等一系列发表在网络媒体上的评论文章。

本书将从当代沙特女性小说的诞生开始，简单介绍其发展脉络和整体面貌，然后分别介绍拉嘉各个创作阶段的特点及其代表作品。本书的重点是以拉嘉的获奖小说《鸽子项圈》为例，具体分析其独特的叙事技巧和语言风格。希望能向广大读者展现沙特当代女性创作的全景图和其中最瑰丽、最夺目的部分。

目 录

第一章　沙特女性文学概述：从萨米拉到拉嘉

沙特、女性、小说，当这三个原本并无关联的普通词汇以一种排列组合方式构成一个新词汇——“沙特女性小说”时，就如同构铸了一把钥匙，打开了一个被重重黑纱包裹的房间，让门两端的人得以彼此张望。

女性文学的兴起和发展往往标志着女性意识的觉醒和女性诉求的彰显，沙特女性通过书写所追求的，其实和她们的前辈、《一千零一夜》中讲故事的山鲁佐德一脉相承——活着，以及更好地活着。这无关创新或突破，而是现实的需要，当后现代小说逐渐变成一些小说家们的文字游戏和实验工具时，写作在现代沙特女作家手中依然行使着它古老而纯粹的职能：书写社会，表达自我。

第一节　先驱者萨米拉

1958 年，萨米拉·哈希戈齐以萨米拉·宾特·杰兹拉·阿拉比亚（意为“阿拉伯半岛的女儿萨米拉”）为笔名，出版了她的第一部小说《别了，我的希望》，这是有记录的第一部沙特女性小说，萨米拉是当之无愧的沙特女性文学先驱者。这位半岛之女 1935 年出生于圣地麦加，父亲是沙特第一批外科医生，长期供职于沙特王室，官至卫生部长；兄长阿德南·哈希戈齐是沙特著名的军火商人，与中东以及西方各国都有着千丝万缕的联系；萨米拉从高中到大学一直就读于埃及亚历山大的英国私立学校，获得了经济学本科学位。毕业后萨米拉嫁给了埃及亿万富翁穆罕默德·法耶德，这段政治经济因素大于感情因素的婚姻仅仅维持了两年，两人唯一的儿子多迪死于 1997 年那场充满悬疑的戴安娜王妃车祸事故中。

萨米拉因为其显赫的家世，在保守的沙特享有比普通女性相对更多的自由和社会资源，她一度以记者的身份活跃于沙特新闻、文化领域。她创办了沙特第一份女性杂志《东方》并担任主编；1965 年她被选为沙特女性联盟主席，同海湾以及其他阿拉伯国家为数不多的女性领导都有交往；她和众多记者、出版商也保持着良好的关系；她是阿拉伯现代文坛巨匠陶菲克·哈基姆的挚友，曾亲自参与以哈基姆三部曲为蓝本的电影《东方之雀》的制作和发行。

即便拥有了这么多有利条件，萨米拉在很长一段时间仍然选择以笔名出版小说，她的大部分作品都在沙特境外出版，故事情节也大多发生在沙特之外。她以先驱者的身份孤独前行，前后出版了约六部小说，在她的第一部小说问世两年后，沙特才开设专门为女性提供教育的正规公立学校；十四年后，才有另一位女性小说家杏德·巴哈法尔出版其处女作《失去的纯真》。萨米拉在沙特女性小说领域的先锋地位和历史影响无人可及，她的代表作品从故事情节、主题思想到语言风格，也在很长一段时间内成为沙特女性小说的典型代表。

萨米拉的小说几乎都以情感为主题，表现男女之爱、家庭之爱等。爱，作为唯一的动力，驱使着萨米拉小说的全部情感反应以及人物关系的发展。她的处女作《别了，我的希望》是以男主人公瓦基迪的情感经历为线索的。瓦基迪生命中第一缕爱的阳光来自母亲，在一个父爱缺失、看起来危机四伏的家里，母亲是他从小到大的庇护所和情感支柱。小说通过一系列的情节和对话，成功地刻画了瓦基迪对母亲深深的爱和依赖：

多年来，我在学校辛勤工作，得到了母亲很多鼓励，她陪我熬夜，直到我完成所有的功课。①

两年来，我在学校表现出色，这多亏了母亲的支持。②

所以，当母亲突然一病不起，最后猝然离世的时候，瓦基迪的世界瞬间崩塌了，他意识到自己失去了巨大的"爱之矿"：

我记得自己痛苦地哭泣，突然地，屋子旋转起来，后来的事我就

① 萨米拉·哈希戈齐《别了，我的希望》，贝鲁特：祖海尔·巴勒巴克出版社，1979年，第21页。
② 同上，第25页。

不记得了，直到有一天我在黑暗中醒来，发现自己躺在床上，我多么希望所有这一切不过是一场噩梦，然而我注意到了法希玛夫人穿的一袭黑衣，内心随即充满了悲伤。①

失去母爱的巨大打击使瓦基迪一蹶不振，丧失了对未来生活的美好向往，直到他遇见了艾麦勒。“艾麦勒”这个词在阿拉伯语中的意思就是“希望”，这个美丽善良的女孩重新点燃了瓦基迪生活的热情：

那天晚上我睡不着觉，我感到了春天的生命流淌在我的血管里，一个甜美的希望的微笑在我脑海里闪闪发光，犹如一个明亮的清晨。在内心深处，我觉得我爱上了她，我想每时每刻都和她在一起。②

瓦基迪刻苦努力，顺利从医学院毕业，准备迎娶艾麦勒。婚礼那天是他人生中的又一个转折点，艾麦勒摔倒了，左脚后跟感到钻心的疼痛，医生诊断为严重的恶性肿瘤，而且不可切除、无法痊愈。当瓦基迪得知这件事后，再一次陷入了绝望的黑暗中，他含着眼泪看着躺在病床上的艾麦勒，随后去了他们以前经常见面的地方，大声喊道：

永别了，我的希望。你将永远在我的心里，只要我还活着，我会永远爱你。③

小说最后就定格在男主人公无助的呐喊中。小说以第一人称叙述，运用大量的对话和内心独白，全景式地展现了主人公的心路历程，但对于小说中其他人物的塑造则显得有些单薄，他们似乎只是为了主人公感情的起伏而出现，形象模糊，个性单一。这应该是萨米拉小说的共同问题，也是沙特女性小说在初期的普遍缺点，即情感强烈，但情节和人物在很大程度上被弱化了。

萨米拉的另一部小说《你眼睛的光芒》从情节构架上来说有了很大进步。它通过女主人公舒露克的成长经历来表现家庭成员之间的深厚感

---

① 萨米拉·哈希戈齐《别了，我的希望》，贝鲁特：祖海尔·巴勒巴克出版社，1979年，第22页。
② 同上，第56页。
③ 同上，第110页。

情，以及这种感情对于孩子的深刻影响。这是一个曾经充满爱的家庭，这样的环境影响了舒露克的成长，塑造了她的性格。父亲是爱的最大来源，他倾听她的烦恼，毫不吝啬地表达对她的赞赏：

> 你妈妈在你出生之前一直想要个男孩，当她生下你后并不是很开心，可是我很高兴你来到这个世上……我相信你有足够的智慧、机智、雄心和梦想，让你像任何天才男性一样有能力，我希望你的姐妹们会变得和你一样。舒露克笑了，眼里有一丝得意。她转过身来，似乎是想在母亲脸上看到恭维的表情。①

而最初心有遗憾的母亲并没有因此减少对她的疼爱，她的怀抱对舒露克而言永远是最安全和温暖的地方：

> 她的母亲是慈爱母亲的典范，把一生都献给了丈夫、孩子和家庭。她不辞辛劳地抚养她和妹妹们，照顾她们，磨练她们并引导她们走上正途。尤其是当舒露克长大后，她觉得母亲对待自己就像朋友一样，和母亲在一起特别无拘无束，生活中发生的一切她都愿意告诉她。②

源于父母的爱充满了整个家庭，反映在每个成员身上。似乎爱才是这所房子的主人。小说通过对这种理想化的“爱的家庭”的描绘，似乎想要传递这样的信息：爱的环境会影响个体对于世界和他人的理解和认同，在这样的环境中成长起来的人会比其他人更容易实践爱和传递爱。就像我们在舒露克身上发现的那样。她从父母亲那里体验到的爱终其一生都生机勃勃，成为她同他人关系的一部分。这种爱一方面使她赢得了很多人的好感和尊重，另一方面也促使她思考人们生活在这个充满苦难的世界上目的究竟何在。

萨米拉的小说无一例外都是以悲剧结尾，这一点从小说标题使用的字眼就可见一斑：“回忆”“眼泪”“雾”“告别”“葬礼”，等等。这样的创作风格也许是受到了当时风行的以哀婉为特征的浪漫主义风格的影响，

① 萨米拉·哈希戈齐《你眼睛的光芒》，贝鲁特：祖海尔·巴勒巴克出版社，1979年，第15页。
② 同上，第15页。

但似乎也和她个人的经历密切相关。那段短暂的婚姻对她而言似乎是一种致命的打击，以至于她在作品中不自觉地流露出叛逆、封闭、绝望甚至毁灭等种种消极情绪。小说中大量直抒胸臆的句子，让整部作品看起来更像是一首抒情诗。比如《迷雾背后》的开头部分：

哦，真主，你剥夺了我的幸福，甚至眼泪，但只要记得你，我就有力量来忍受和抵抗。哦，主，我可以承受永恒的痛苦，但无法忍受中断的幸福。①

同样的，我们在小说《泪滴》的开头读到：

致忧心忡忡受折磨的灵魂，在撕心裂肺的感觉中寻找一丝亮光，爱……温暖……和道路，一个迷失的灵魂会在生活的丛林和各种小径中寻找道路，并被引向记忆的海岸，远离各种暴虐和残酷，它一直寻找……寻找……然后流下眼泪。②

这些笼罩在小说中的死亡的阴影，和爱的主题交织在一起，让人不时从理想的完美国度跌落进冷酷的现实世界。尽管萨米拉竭尽全力试图证明爱是终极的结局，是解决一切的奥义，但最后却往往在一种无法遏止的内在冲动下导向死亡或毁灭的结局。这是萨米拉小说的矛盾性所在，也是她对人生悲剧性的一种体悟。

由于时代和自身的局限性，萨米拉及其同时期的女性小说都普遍存在主题模式单一、情节结构弱化、语言风格相似等问题。随着女性小说队伍的不断壮大和女作家写作技巧的日益成熟，这些问题都一一得到了改善，沙特女性小说也呈现出一些新的特点。例如本土化，一些没有任何海外教育背景的平民作家开始和萨米拉式的“贵族作家”们分庭抗礼，她们完全从内部视角审视和表现沙特社会；在出版量增加的同时，沙特国内出版的女性小说比例也从五分之一上升到了五分之三，表现出社会对女性创作的某种宽容和认可；叛逆、挑战开始成为占主导地位的

① 萨米拉·哈希戈齐《迷雾背后》，贝鲁特：新视野出版社，1990年，第7页。
② 萨米拉·哈希戈齐《泪滴》，开罗：吉勒印刷出版发行社，1990年，第7页。

主题，女性作家不再仅仅满足于在小说中宣泄情感，而是更加大胆地喊出诉求，也开始更为理性地思考和表现平等、自由、身份等哲学命题；沙特女性小说开始进入评论界的视野，开始收获地区乃至国际的关注。在“9·11”事件后，整个沙特女性小说的创作和输出都呈现出“井喷”态势，如果说原来是悄悄地打开了一扇门，那么现在就是推倒了一堵墙。我们可以通过 2001 年以后出版的几部有代表性的女性小说，窥斑见豹，了解当代沙特女性小说的整体面貌。

第二节　新时期的沙特女性小说

同样是情感主题的小说，古鲁德·萨尤提的《流放日记》在表现感情的多样性和复杂性上远远超过了很多前辈们。她没有专门处理某一类情感，而是将同爱人之间的美好和幻灭、和亲人之间的亲近或疏离，以及对家乡的思念和抗拒糅合在一起，通过处于特殊状态中的主人公一一展开。

一个在英国留学的沙特女孩，远离所爱的人和熟悉的环境，经历着生理和心理的双重流放，所以在一开始，她不断回忆她的爱人，用想象中的陪伴来缓解心中的焦虑：

他和我坐在摄影棚里，英俊的面庞映衬着我的笑脸；他向自动售票机投入硬币，帮我买地铁票；他和我站在拥挤的车厢，一只手优雅地握着皮质拉手。[①]

渐渐地，这个想象和回忆构建的男人变得模糊而疏远，他开始无视她的呼唤，原本漫长而充满爱意的谈话也变得简略而生硬。她觉得不安，却在不久后得知他已另结新欢，现实和想象中的悲剧重合了：

然后，你拿了我的护照，盖章，皱着眉把它交还给我……这个只

① 古鲁德·萨尤提《流放日记》，贝鲁特：阿拉伯研究出版署，2004 年，第 16 页。

能出境的签章痛苦地宣布一段新移民生涯、一个不确定的流亡状态的开始——我在你的世界被流放。[①]

少女被爱情拒绝，亲人就成了最好的庇护所。以前如同暴君一般让人恐惧的父亲此刻却成了最好的避风港。为了挽留来英国看望她的父亲，她翻箱倒柜地寻找他可能落下的东西。而当她高烧卧床不起，混沌中向她伸出手的也不再是无情的爱人，而是慈祥的母亲：

在我记忆的某个地方，一位母亲坐在树干旁，轻轻地用手帕摁压降温，在她旁边躺着一个年轻女孩，因为高烧浑身发抖，母亲给她盖上温暖的被褥，轻抚着她的额头给她安慰。……噢，母亲！……真希望你知道在外流浪的夜晚有多痛苦，真的很痛苦！[②]

而她对故土的感情则更为复杂，那既是她想逃离的牢笼，又是她不顾一切想要回归的港湾。她会因为受到西方异质文明的影响而排斥生养自己的土壤：

你的邻居也认不出这样的你，他将和他的亲兄弟一起对付他们的表兄弟，而他和他的表兄弟会一起对付你……我们的妇女不仅被要求遮住头发，还得遮住她们的面孔……阿拉伯主义已经变成了历史墙上恶名远播的一个裂缝，它变得很像一个自愿在别人家里干活而给自己的孩子带来耻辱的母亲。人道主义呢？在那儿，他们会教你如何抬头挺胸地活着。[③]

小说中的主人公也会因为一点儿乡音而倍感温暖：

萨勒曼一点儿都不英俊，我也不是一个鲁莽的少女，但当他用我最喜欢的贝都因口音对我说话时，我还是感到强烈地被吸引，我倾听他说出的每一句话语。噢，萨勒曼的话！你让我想起了家乡！[④]

在这部小说中，没有哪种感情是单一而绝对的，一切都随着环境、

① 古鲁德·萨尤提《流放日记》，贝鲁特：阿拉伯研究出版署，2004 年，第 95 页。
② 同上，第 31 页。
③ 同上，第 80—82 页。
④ 同上，第 17 页。

心情的转换而不断变化，体现出多元化、复杂性等现代小说的特征。

随着女性教育的不断普及，也得益于互联网时代信息便捷快速地传播，沙特女性作家开始摆脱过于私人化的情感叙事，将笔触伸向更为广阔的社会舞台，以更客观的视角关注并记录社会的变迁和作为女性所遭遇的生存困境。以此为题材创作的小说在深刻性和丰富性方面丝毫不亚于男性，同时又保持了女性写作惯有的细腻和委婉。沃麦迈·哈米斯的《海之女》就是其中的佼佼者。

小说通过描绘嫁入同一个沙特传统家族的两代女性巴希洁和苏阿德的生活、情感经历，反映出沙特社会在石油经济爆发前后的诸多社会现象以及现代文明无法撼动的文化根基。

巴希洁是一个来自海边的年轻女孩，嫁到了纳吉德沙漠中显赫的马巴勒家族，因为如海洋般自由活泼的性格而在家中受尽磨难。婆婆总是称呼她为“罪恶的黎凡特女孩”，她会因为说话、穿衣的方式，以及对丈夫说亲密的话而受到嘲笑和警告，连她的儿子都因为继承了她的很多特征而被族人排斥，不得不每天在太阳底下晒好几个小时，还要学一口硬梆梆干巴巴的方言，好向所有人证明他是干瘪、黝黑、不好惹的贝都因人。

石油的发现改变了沙特传统社会的生活方式，高贵的马巴勒家族搬到了城市中，住进了豪华的宫殿：

> 那里面积广阔、绿树环绕，由鳞次栉比的别墅组成，彼此之间被装饰着鲜花、喷泉、游泳池和棕榈树的通道隔开。……人们穿上了更漂亮的衣服，有几十个女佣和司机，……马巴勒家的女孩去上学了，能在酒店结婚了……[①]

一切似乎都不同了，可对于刚刚嫁进这里的海滨姑娘苏阿德来说，她面临的难题似乎和当年的巴希洁没有本质的不同。虽然马巴勒家族搬出了沙漠，但他们仍然奉行着沙漠法则，现代化的生活条件未能阻止他

① 沃麦迈·哈米斯《海之女》，大马士革：麦达文化出版社，2006年，第165、166、173、208、236页。

们回到源头。他们是沙漠源头的扩展，对沙漠有强烈的依附感，每当他们觉得背离了它，就会回头拥抱它。

这里我们不难看出某种隐喻，整个沙特社会就如同马巴勒家族，深深地根植于它严肃、坚硬、残酷的沙漠属性中，任何现代性都无法动摇这一根基。住在沙漠里的马巴勒家族和住在宫殿花园里的他们是同一些人，除了饮食、服饰、交通工具等外在的不同，其他没有什么区别。面对这样的境况，拥有与之格格不入的海洋属性的人，尤其是女性，应该怎么办？作者在小说中尝试讨论同这种沙漠属性共存并保持自身特征的途径，那就是构建属于自己的独立空间，就像巴希洁和苏阿德一样：

她为自己做了一个花床，还在那儿插了一株细弱无力的葡萄枝，现在，访客们说它已经长得枝繁叶茂，覆盖着房顶的东侧，她习惯把绿色当作盟友，对抗着纳吉德的沙漠。①

她开始收集奶粉罐等大型容器用来种植物，装饰她的大门，给严重干燥的空气增加湿度。不久，植物生长，枝繁叶茂，形成了一片茉莉花和玫瑰花的森林，四周环绕着桉树墙，保护着外部围栏和房子的墙壁——波斯和印度的茉莉花树还有昙花树并排而立。那茂密的小森林减轻了她的疏离感，她在大门口填满植物，否则，这里可能已经被用作停车场了，现在则是一片芬芳的森林，与她做伴，驱散她的忧伤。②

虽然作者仁慈地让两位海之女创造并成功保持了“属于她们自己的世界”，但随着结尾处米提卜——一个原来在苏阿德看来不同于任何一个马巴勒家族的男性、让人充满希望的人物——最终暴露出他的沙漠本性时，我们还是感到了一种隐隐的绝望，似乎在作者看来，沙特社会将永远无法改变其僵化原始的基因，无论巨大的财富为他们带来多么奢华的生活享受，一切都万变不离其宗。

除了关注情感世界和社会问题，新时期沙特女性文学的另一个重要

① 沃麦迈·哈米斯《海之女》，大马士革：麦达文化出版社，2006年，第163页。
② 同上，第178—179页。

主题就是“反叛”。所谓反叛，可以说是“一种改变社会现实的个人企图”[①]。小说的反叛就是设法在小说中摧毁现有社会，然后建立一个理想的新社会。女性小说家诉诸文本，是因为她发现自己面对着一份长长的苛刻的社会要求清单，沉重得让人窒息。当小说成为通往自由王国的唯一出路时，小说家内心违反规矩、搅动混乱的倾向就会增加，这也是女性，尤其是那些生活在保守社会的女性在小说中比男性更反叛的原因之一。阿拉伯女性长期生活在屈从中，她们从蒙昧时期开始就在亲人的墓碑前哭泣，吟唱诗歌，然而眼泪并没有给她们出路，泪尽诗竭后，她们找到了小说。

娜达·艾布阿里在小说《纸笛》中，构建了两个相互交织的故事，一个是童话世界的，一个是现实世界的。小说的名字来自开头一个充满象征意味的寓言：

这条路是黑暗的……他听到刺耳的声音，几乎能要人命……但他毫不在乎……因为他手里握着珍贵的宝藏……他的长笛……这支长笛终有一天会被释放，奏出忧郁的乐曲……他充满爱意地轻抚它……这骇人的雷鸣……倾泻的暴雨……他都没有被淋湿……它把导弹对准了他的魔笛……笛子坏了……融化了……他哭了，因为他的笛子是纸做的……[②]

这一段描写是整部小说的核心所在：环境是极度黑暗的，充斥着致命的噪音，女性如同珍贵而脆弱的纸笛，男性则显得毫无生气，眼睁睁看着雷雨对纸笛发动攻击却无能为力，只能默默哭泣。

在两个故事中，男女主人公都受到了他们身处环境的制约甚至压迫，但在面对困境时，男性和女性表现出截然不同的反应：男性懦弱顺从，最终屈服于外在的压力；而女性则是拼命抗争，用血肉之躯为自己开辟出路。

她试图从紧闭的窗户上找到洞口，弄伤了手，痛得她几乎失去意

① 纳齐赫·艾布·尼达勒《女性的反叛》，贝鲁特：阿拉伯研究出版协会，2004年，第25页。
② 娜达·艾布阿里《纸笛》，贝鲁特：阿拉伯研究出版协会，2003年，第9页。

识，伤口开始流血。她温暖的血流到她身上……但是她意识到流血的并不是自己的手。伤口很小很浅……是她的心在大量流血……[①]

她终于在窗户上弄出了她想要的洞口，她从里面爬出去，呼吸着新鲜空气。[②]

她绝食，长时间不停地说话，她的母亲试图弄清楚她究竟是怎么了，可她只是感到愤怒，想要反叛一切……一天早上，她醒过来，嘴边带着胜利的微笑……[③]

两个故事都不惜笔墨地强调女性在生理和心理上的诸多优势，以及社会如何无视这一切，而仅仅把她看作软弱而诱人的身体，把她变成一种附属品。在作者看来，女性在反抗社会压迫时比男性更加有勇气和能力，因为她们是这些压迫最主要的受害者。

被评论家称为"极有可能是沙特女性小说中最叛逆、最暴力、最口无遮拦"[④]的小说《神圣的婚姻》，包含了对两性关系、宗教问题、社会体制等诸多问题的拷问。小说的献词部分就透露着挑衅和嘲讽：这部小说是被献给"傲慢大地上的恐龙和可笑的蝙蝠"的。女主人公莱拉因为兄长无视交通状况飙车发生车祸而瘫痪，在时而昏迷时而清醒的过程里，她的意识穿行在回忆和噩梦中，她的独白构成了小说的主体部分。而在这些独白中，充斥着大量大胆直接的控诉：

这就是为什么真主会派遣男先知而不是女先知，因为男人比女人更需要指引，他们已经背离了正义，他们必须回归，才能继续踏上人性的正途。[⑤]

男性之所以会不公正、不道德，是因为他们对女性世界的冷漠疏离，而女性是新生的爱不竭的源泉，当一个男人决心踏上正义之路时，他必须回归女性的世界。[⑥]

---

① 娜达·艾布阿里《纸笛》，贝鲁特：阿拉伯研究出版协会，2003 年，第 201 页。
② 同上，第 205 页。
③ 同上，第 218 页。
④ 哈立德·本·艾哈迈德《沙特女性小说》，汪颉珉译，北京：朝华出版社，2013 年，第 92 页。
⑤ 塔伊芙·哈拉杰《神圣的婚姻》，巴林：法拉帝斯出版发行社，2005 年，第 91 页。
⑥ 同上，第 91—92 页。

这个国家的年轻男女似乎被邀请到了一个悲惨的宴会……[①]

萨勒玛和这个国家的很多女性一样，是带着被埋葬的梦想长大的。[②]

我们从来没能享受过生活，在这个黑暗的国家，我们从未梦想过。[③]

甚至连神灵都成为她发泄愤怒的对象，一切信仰，包括信仰的形式和本质都受到了质疑，“沦为惯性和认知障碍造成的知识性欺诈累积的产物”[④]：

伊希塔尔，这是一个命中注定的意外……你们应该知道我们对自己生来悲惨的现实并没有责任……你们作为神灵无法了解，因为你们没有意识到人类的灵魂和它的软弱。你们从未体验过不公、失望和贫苦，没有尝过失败的痛苦、疾病的折磨、疏离的冷酷、被剥夺一切的悲惨、瘫痪和残疾的灼痛、慢慢死去的凄凉……你们怎么能说是我们选择了发生在自己身上的事呢？怎么能说天定不过是幻觉而不是现实呢？如果它真是幻觉，那也是你们反复在我们头脑中灌输的结果……最后你们来了，从高高的宝座上审视我们，无情地让我们为自己所做的每一件事负责……我们就像你们手中的玩具。如果你们生气了，会把我们扔进地狱之火，如果你们满意了，就让我们享受天堂的欢乐……这不就是你们对待我们的方式吗？[⑤]

这篇像战斗檄文一样的小说不出所料地在沙特国内被禁了，但是很多评论家却对它做出了相对中肯的评价，认为它对男性和男性主导的社会以及一系列习俗、传统乃至权威的批判都是情有可原的，只是小说从文学角度看并不具备深刻的思考和理性的基础，只是基于强烈的感情。

确实有不少沙特女作家把小说文本当成了广场上的讲台，她们不太关注发出怎样的声音，而是致力于发出足够响亮、足够尖锐的声音。“喊话”代替了“讲故事”这个小说最基本的功能，身体写作也作为吸引眼

① 塔伊芙·哈拉杰《神圣的婚姻》，巴林：法拉帝斯出版发行社，2005 年，第 109 页。
② 同上，第 115 页。
③ 同上，第 201 页。
④ 同上，第 146 页。
⑤ 同上，第 202—206 页。

球的一种手段被频繁使用，这使得许多沙特女性小说的文学性饱受争议。但这并不能掩盖一些杰出的女性小说家在严肃文学领域所取得的成就，也无法抹杀从萨米拉开始的一代又一代山鲁佐德为沙特女性自我认知、自我发展并让世界看到她们、了解她们所付出的努力。

第三节　“有意识”的书写——拉嘉的小说世界

拉嘉·阿丽姆 1956 年出生在沙特阿拉伯的圣地麦加。从第一部作品问世到获得阿拉伯小说国际奖，她一直是一位“有意识”的小说家。她同大多数我们上面提到的沙特女作家不同的地方在于，她非常清楚自己想要写什么，也知道如何去写，她能够把强烈的感情掩藏在迷宫般的故事和深渊似的话语中。“女性的表达常常是双向的，一方面，她要抵制或打破霸权话语的种种规约，另一方面是要建立一种新的表述方式。”① 不仅仅是批判、反抗，而且是建立属于自己的语言王国，制定自己的秩序，这是拉嘉同其他女性作家最本质的不同。

评论家穆阿吉布·阿德瓦尼把拉嘉的作品分为三个时期：第一个时期从 1987 年同一年出版的三部戏剧和一部长篇小说《四—零》开始，这个阶段的拉嘉还没有找到最适合自己的书写方式，期间她还写过一部戏剧和一本儿童故事集，可以说她在尝试用各种形式试探自己，也试探外界的反应。不过她强烈的个人风格在这一时期已经初现端倪；第二个阶段开始于 1994 年的短篇小说集《动物之河》。她的写作风格进一步成熟，逐渐确定了长篇小说作为自己写作的主要方向。她用自己的坚持，让读者和评论家适应并认可了自己晦涩的语言模式和故事结构；第三个阶段从 2001 年的《哈提姆》到 2005 年的《幕帐》，在此期间，拉嘉向自己发起了挑战，尝试了一些不同的叙事方式，反响褒贬不一。但这个阶段的作品突破了精英或者说贵族写作的小天地，让越来越多的普通读者认识了拉嘉。

① 唐伟胜《文本、语境、读者：当代美国叙事理论研究》，上海：世界图书出版公司，2013 年，第 74 页。

第一阶段——《四—零》

拉嘉的小说处女作是以一种挑战传统的形式出现的。通常应该出现在小说封面的标题、作者等信息统统转移到了封底；小说第一章是第29章，然后递减至最后一章第0章。有评论家认为这是“运用一种从形式到内容都全新的方式，扰乱了男性小说家创建的主流模式”[①]。因为传统的封面是一个男性把控的场域，而封底通常是被人遗忘的角落，就好像女性的书写一样。小说问世的时机恰好是80年代中后期，当时沙特保守势力掀起了一股反对现代化的浪潮，很多代表现代派的作家作品都被迫停止出版发行，或者不得不以曲折的方式低调问世。所以拉嘉的这部作品，虽然后来被评论家认为是她个人风格雏形的集中体现，但在当时并没有引起太多的关注。即便如此，小说还没有正式发行，原稿就已经获得了马德里西班牙阿拉伯学院举办的“伊本·陶菲勒竞赛荣誉奖”。

这部小说的主人公是个小男孩，名字叫“四”，他有一个死对头，叫“零”。小说中的其他人物，也都在不断地给“四”制造麻烦，所以“四”给一位他认为能帮助他的先生写信求助。小说从“四”给先生的第一封信开始：

你无比强大，洞悉一切，你应该知道我需要你。[②]

在这些信中，“四”向这位先生袒露心声，请求帮助。他的署名从一开始简单的“四”，变成了“害怕的四”“困惑的四”“僵硬的四”“迷失的四”……他写了无数封信，藏在各个地方，希望那位先生能看到，但却从来没有收到过任何答复，以至于他在最后对这位先生的存在产生了动摇，这几乎使他丧失了对一切的信心。

第二阶段——《动物之河》《丝路》

《动物之河》是拉嘉出版的唯一一部短篇小说集，以其中的一篇小说命名。《动物之河》中出现的动物，更多地是一种象征性的存在，象

① 哈立德·本·艾哈迈德《沙特女性小说》，汪颉珉译，北京：朝华出版社，2013年。
② رجاء عالم: «أربعة - صفر»، النادي الأدبي الثقافي، 1987م، صفحة 5.

征一切变动不居，动荡不安，拒绝向死亡的近义词平静臣服的冲动。这条河可以接纳一切生命体，并允许他们之间相互转换。一个女人可以变成一条扭动的蛇，也可以变成一棵长满果实的树。

《动物之河》出版后的第二年，拉嘉又出版了长篇小说《丝路》，这是一部类似于家族自传式的小说，记载了她父母的祖辈是如何从最西边的马格里布地区和遥远的中亚地区长途跋涉来到圣地麦加，并最终在此生根发芽的故事。里面同样充满了魔幻现实主义色彩，那些冗长的族人的名字和琐碎的生活细节让人想起马尔克斯的《百年孤独》。背井离乡的迁徙者随身带着一副棋盘，那是时空倒错的媒介。一支行进在沙漠中的驼队遇到了一个扛着一具尸体的女人，但是他们最终没有把尸体下葬，因为他身上涌动着“勃勃生机”，于是他们就一路带着这具尸体，停下来的时候就让他从棺木里复活，陪他们下棋，和他们聊久远的过去和不远的将来。这部小说是诺斯底主义和苏菲神秘主义的集中体现，认为生命并不因死亡而结束，恰恰相反，生命潜藏着巨大的能量，而死亡则是释放能量、打破时空界限和各种生命体之间屏障的一种途径和手段。

第三阶段——《哈提姆》《幕帐》

《哈提姆》是一部以雌雄同体为主题的小说。故事以奥斯曼土耳其末期的麦加社会为背景，主人公哈提姆出生在高贵显赫的纳绥布家族，她的母亲生了五胎龙凤胎，但总是有一些不可抗的外力如战争、瘟疫等导致男孩的死亡。她作为单独出生的最后一个孩子，被称为“封印孩子”（哈提姆）。她在母亲、姐姐的照顾下被当作女孩养到12岁，然后开始了摇摆于男性和女性之间的神秘生活。当她穿上男性服装，她就成为了这个家族唯一的男性继承人，活跃在公开场合。而在私底下，她仍然保持着女性身份。

小说的魔幻之处在于，如果说一开始读者还能肯定哈提姆只是穿上了男装的女孩，那随着小说情节的不断深入，他们会发现这种确定不断被动摇。小说开头部分描写哈提姆的出生，没有明确地说明她的性别，只是强调她的父母对男孩的渴望。到后来哈提姆的身体开始出现神奇的变化，每当夜晚降临，就会出现女性性征，而白天则表现出男性性征。

小说到最后也没有给出哈提姆的真正性别，开放式的结尾使读者可以自己选择这部小说的主旨。它可以是讲述男孩哈提姆，因为父母害怕男性必死的宿命而从小把他当作女孩抚养，最终身体女性化的故事；也可以是讲述女孩哈提姆，因为家族需要，在孩提时被迫开始扮演男性角色，最终真正变成一个男人的故事；或者就是接受小说的模糊性，把哈提姆视为雌雄同体的一种存在。

《幕帐》的出现是拉嘉小说创作中的一个特例。很多人认为这部小说完全不像她以往的风格，进入到了一种真正的日常生活的普通叙事中。小说讲述了生活在吉达的四位沙特女性在家庭、爱情中的困惑和选择。拉嘉在小说中第一次使用了沙特方言，第一次采用了大量的对话方式，还有大段的性爱描写。从表面上看，好像拉嘉终于放弃了她为艺术而艺术的小众创作，开始面向大众，取悦市场。但如果我们把这部小说和当年的网络畅销小说《利雅得少女》对比，就会发现拉嘉又用自己的方式，嘲弄了一下所谓的主流。

《利雅得少女》是一位旅美的年轻沙特女作家的作品，讲述了四个来自利雅得的妙龄少女的爱情故事。虽然小说的语言几乎达不到文学作品的要求，但是因为其大胆直白地将原本包裹在黑纱下的闺中秘事展露在读者面前，满足了很多人的猎奇心理，使得这本小说在网络上迅速蹿红，它的第一版以破纪录的惊人速度迅速脱销并数度再版。一时间以身体书写为主的各种低俗的女性小说充斥着市场，使很多对沙特女性文学不了解的人将以这部作品为代表的一类书籍看作是女性创作的一种主流，引发了各种口诛笔伐。

拉嘉的《幕帐》在小说结构和故事情节上跟《利雅得少女》有很多刻意的相似。爱情故事发生的地点都在伦敦，起点都是图书馆——一个贵族化的爱情之地。同样都有一个贝都因姑娘在异乡爱上来自异质文化的男性，身心疲惫。不过同样是描写失恋、不合法关系、性、背叛等内容，拉嘉的书写要深刻许多，语言也更优美流畅。整个小说的内核，仍然是她一贯坚持的对生命、对存在的各种拷问，但在可读性上比上一阶段的作品大大增强了。

总体上看，拉嘉的小说创作有着非常鲜明的特征，如语言风格的晦涩和苏菲神秘主义倾向，故事中总是充满了各种神话、传说、历史事件及人物。这使得她的很多作品不仅对普通读者来说难以理解，甚至一些评论家、作家也觉得她的作品过于晦涩，阅读起来缺乏乐趣。在一次吉达文学俱乐部组织的短篇小说诵读会上，另一位当时沙特著名的先锋小说家在听拉嘉读完她自己的短篇小说后表示完全没听懂，这让拉嘉非常恼火，表示哪怕没有一个人懂，她也不在乎。但事实证明，她后期的作品确实开始考虑读者的接受度和阅读的趣味性，也增加了对边缘人物以及社会问题的关注。但有些东西始终没变，例如她擅长将时间和空间作为叙事要素加以利用，而不仅仅把两者当作事件发生的场域；又如她对女性自身感受、生存处境的深刻体悟；再如她对家乡——圣地麦加无法割舍的情怀，因为她的许多小说都发生在麦加，或者说将麦加作为小说的核心要素。拉嘉用自己独特的语言和叙事风格，一步一步构建着属于她自己的小说世界。她的每部作品，都带有强烈的个人印记。呈现在拉嘉笔端的不是单向度、线性的简单叙事或是沉浸在自我狭小空间的喃喃自语，也不仅仅是为叛逆而叛逆的身体写作，而是可以宏大叙事、可以反映历史与政治的另一个声音。

《鸽子项圈》是拉嘉最近一部小说，也是给她带来最多荣誉和知名度的作品。这部将近600页的“大作”，可以说是她之前创作生涯的某种总结和集中展示，同时又有升华和突破。所以穆阿吉布·阿德瓦尼才没有把它算在任何一个阶段，而是认为《鸽子项圈》应该独立纪年。它在叙事、修辞、主题方面所达到的高度，确立了它在拉嘉作品中的特殊地位，也是它获得阿拉伯小说国际奖的评委们认可和青睐的重要原因。其实无论评论家如何对拉嘉的作品进行分类，对于拉嘉本人来说，它们都是同一部作品的不同组成部分。当被问到哪部小说是她自己最喜欢的作品时，拉嘉表示她的作品是一个整体，是从无到有的生长，并且还在不断扩充。她想在书里讨论那些宏大的存在命题，关于生死、历史、未来、人类的脆弱和他们隐秘的力量。这些，才是驱动她小说中叙事要素的关键，也是理解她那些晦涩的表达和奇幻的想象的钥匙。

第二章 《鸽子项圈》的故事结构和人物塑造

叙事学理论的立足点之一，是将叙事区分为“故事”和“话语”两个层面，它构成了“叙事学不可或缺的前提”[①]。“故事”是叙事所表达的对象，即说什么，包括事件、人物、背景等；“话语”则是用以表达的方式，即怎么说，涉及各种叙事形式和技巧，是故事最终呈现在读者面前的样式。所以在分析《鸽子项圈》怎样讲故事之前，需要知道它讲了什么。

第一节 故事线

《鸽子项圈》中有四条核心“故事线”，每条故事线通常围绕一个核心人物展开：

故事线一——以纳赛尔为核心人物。警探纳赛尔有着不幸的童年，因为亲眼目睹姐姐被父亲打死而留下心理阴影，长大之后独自离开家乡来到麦加，成为一名警探，因为冷静的头脑、对工作的投入以及自己独特的案情分析方法，成为了一位传奇探员。他接手了人头巷的无名女尸案，一开始对于这种屡见不鲜的案件并未十分上心，但也许是无辜死去的花季少女让他想起了姐姐，又似乎冥冥之中有一股力量在推动他不断深入调查。他在阅读两份证物——尤素福的日记和阿伊莎的书信以及和巷子中相关人员谈话的过程中，了解着麦加的历史、人头巷的各种秘密、巷子里人们的生活，虽然调查似乎陷入困局，找不到出口，但他却是越陷越深，欲罢不能。更重要的是，他渐渐对书信主人阿伊莎产生了莫名的欲望，这份情感使得案件对他而言有了特殊的意义。他在被上司下令停止调查后仍然没有停止寻找阿伊莎的脚步，在回到麦加的女画家努尔身上，他似乎看到了阿伊莎的影子，但却只能眼睁睁地看着她离

① Jonathan Culler. *The Pursuit of Signs: Semiotics, Literature, Deconstruction.* Ithaca: Cornell University Press, 1981, p. 171.

开。小说第一部分的最后是纳赛尔被通知人头巷的案子已经结案，一切终止。而在结局处，纳赛尔亲手点燃了他和这个案子最后的联系——阿伊莎的书信，颓然地坐在路边哭泣。这一条贯穿始终的故事线在小说中主要起到串联人物、推动情节的作用。

故事线二——以索比汗为核心人物。索比汗经营的一家大型跨国公司看中了麦加朝觐产业的巨大市场，斥巨资对禁寺及其周边进行扩建改造，人头巷被划入拆迁范围，但这家商业巨鳄的野心还不止于此，他们要移除克尔白，用方尖碑式的金属建筑取而代之。为了不惊动虔诚的信众，他们暗中搜寻传说可以打开禁寺所有大门的古老而神奇的钥匙，为了引出钥匙守护者家族后裔尤素福带着他们找线索，制造了无名女尸案，带走了尤素福的爱人艾宰（阿伊莎），像幽灵一样纠缠着巷子里的所有人。在这条故事线中，资本的势力无处不在，没有人可以拒绝它的诱惑，抵挡它的攻击。从情节上看，这是与故事线一逆行的一条线，一直阻碍着纳赛尔查案，但一直处于若隐若现的状态。小说通过揭开索比汗是犹太种族后裔的身份之谜，将阿拉伯民族与犹太民族错综复杂的历史渊源作为背景，用悬疑和阴谋增加了小说的阅读趣味。

故事线三——以尤素福为核心人物，在现实与日记中同时展开的故事线。尤素福是天房钥匙守护者家族的后裔，特殊的血统使他对麦加和禁寺有着特殊的感应。对于学历史出身的他而言，人生中两件最重要的事就是研究记录麦加的历史和爱恋艾宰，二者在某种意义上其实是等同的，他甚至把自己的礼拜方向定成了艾宰住的小屋。他的日记就是围绕着这两个主题书写的。然而这两大支柱几乎在同时崩塌，艾宰嫁给了别人后突然失踪，而麦加面临着颠覆性的改变。他因而发疯，被送进精神病院接受电击治疗，被救出后像影子一样游荡在禁寺里，后来又藏身于里巴比迪大宅，在那里发现了照片记录下的麦加的过去。后来，家族的使命感让他开始了寻找并守护钥匙的道路，最终和艾宰一起发现了索比汗的跨国集团针对圣地麦加的阴谋。尤素福这条线是对传统叙事作品中的悲剧英雄故事的现代演绎，因为命运的不可抗力接受了某种使命，在过程中不断遇到挫折和障碍，在无法继续的时候会出现外力的帮助，最后完成使命。不同的是，尤素福面对的敌人是看不见的精神折磨，更多的时候，他是在用意志而不是肉体来接受考验。他饱受折磨，最后找回了钥匙，却什么也改变不了。艾宰还是离开了，麦加的改造也继续如火如荼地进行着。英雄的时代早已结束，现在有的只是渺小而卑微的人类个体，无力操控或改变什么，信仰成为灵魂的避难所，但也只是避难所而已。这条线在小说中的主要功能是展现麦加充满神秘性和宗教性的过去，所以集中了大量的神话、传说和奇迹，是小说迷宫性的集中体现。

故事线四——以阿伊莎（艾宰、努尔）为核心人物，在现实和书信中展开的故事线。阿伊莎是巷子里的一位年轻老师，因为酷爱读书而被巷子里的人们视为异类，结婚第二天丈夫就离她而去，随后她遭遇了离婚、车祸、亲人亡故、自己受重伤等一系列不幸。后来，她得到一位亲王的捐助得以前往德国进行治疗，在那里和她的治疗师相爱。回国后因为腿脚不便，终日在电脑屏幕前敲击键盘。在电脑中保存的她写给德国情人的电子邮件，被纳赛尔当作相关证据阅读。尸体出现后，她也失踪了。在这几条故事线中，阿伊莎的故事是情节性最弱的，但这恰恰对应着她的身体状况，她永远坐在电脑前面，思想多于行动，情绪多于事件。故事的独立性几乎被完全消解了，只剩下内心独白、意识流等话语形式。阿伊莎、艾宰、努尔这三位女性在小说中的存在本身就是一个迷宫。在小说的第一部分，阿伊莎和艾宰明明是有着完全不同人生轨迹的两位女性，还是好友，可在叙事过程中常常会有暗示：这两人是同一个人。所以小说第二部分出现的努尔究竟是谁也始终处于模棱两可中。可以说她们是三位一体的，是一种女性身份的象征，也隐喻了女性内心的丰富多样性。女性的视角和体验，主要是通过这一条线来展现的。

《鸽子项圈》中四条核心故事线之间的关系呈现出一种缠绕和镶嵌的形态。故事线一中的纳赛尔为了查案，开始阅读故事线三中的日记和故事线四中的书信，这些文字中的一句话甚至一个名字，会成为他下一步“行动”的依据或提示。纳赛尔第一次去艾宰的小屋、阿伊莎的阁楼和萨利赫家的小院进行调查，都是因为故事线三中的日记提到了在这些地方藏着一些“秘密”，而他在查案过程中遭遇的诸多突发事件，也常常会在故事线三或故事线四中找到相应的描述或解答。例如他在阿伊莎家遭到突然袭击，随后在故事线四中的书信里了解巷子里由来已久的关于戴面具的怪物的传说。巷子里的人说是图尔齐耶给阿伊莎订做的婚纱给她带来了厄运，在和图尔齐耶交谈之后，纳赛尔在故事线四中也找到了阿伊莎关于这件婚纱以及她短暂婚姻的描述。故事线三和故事线四在一开始几乎是平行的，各自讲述各自的故事，偶尔提到彼此的联系点不是书就是艾宰。例如故事线二中尤素福写阿伊莎对人的冷漠和对书的热情，故事线三中阿伊莎会在信中提到尤素福撰写的有关麦加历史的专栏以及他对艾宰疯狂而卑微的爱。但是当纳赛尔发现艾宰和姆沙白的婚姻时，这两条故事线发生了某种重合，或者说这两条线开始从不同的角度讲述同一个事件，“纳赛尔开始把日记和书信当成是连续的同一个文本阅读”(P316)[①]。而故事线二就如同一颗颗定时炸弹，不知会在哪里突然爆炸。在故事线一中，故事线二中的阴谋表现为在人头巷威胁纳赛尔的老者、在曼苏尔街欺骗纳赛尔的乞丐；在故事线三中，表现为举着电锯抢夺天房钥匙的小偷，以及袭击尤素福并抢走面纱的摩托车手；在故事线四中，又表现为最后逃离的幕后安排者，是把努尔像金丝雀一样养在马德里的“谢赫”，庞大的阴谋掌控着一切，就像小说人物姆沙白所说的：“尸体只是针对我们所有人的一个阴谋的部分。”(P71)

除了这四条核心故事线，《鸽子项圈》中还有围绕其他次要人物展开的故事线，比如关于出租车司机哈利利的叙述。小说通过包括哈利利自己在内的多人的回忆和叙述，展现了一个看着美国电影长大、从美国考得飞机驾驶执照的前卫麦加青年，如何变成一个神经质的中年出租车司机，最后面对循环播放的美国电影独自死去。关于萨利赫的故事，则讲述一个长相俊美的青年从没有合法身份的恐惧焦虑中解脱，释放了原先被压抑的荷尔蒙，从而陷入了性幻想的泥潭。

① 引文出自 رجاء عالم: ”طوق الحمام“،المركز الثقافي العربي،الدار البيضاء، الطبعة الثانية، (2011)，下文出现小说引文时，只标页码。

第二节 人物

如果说事件使故事立体，那么人物则使故事丰满。人物不仅是事件中行动的实施者或发生的承受者，还是可以在一切事件终止之后仍然留存下来的一种精神的凝结，有性格，有思想，就好像真实世界的“人”一样。一部小说能够长久占据读者的心，不会仅仅因为它有惊心动魄的事件，一定还因为它有栩栩如生、打动人心的人物。《鸽子项圈》中能叫上名字的人物有 30 多人，其中能够独立展开事件或事件链的有 20 多人。对于人物的刻画以及心理活动的渲染占据了小说的大量篇幅，在无序的时间和交错的空间中，人物反而成为了标识物，帮助读者穿梭往返于各条故事线之间。

一、人物关系

俄罗斯学者普罗普在其《故事形态学》一书中，根据对 100 多个俄罗斯民间故事的分析，将所有人物分成七种角色，如主人公、赠予者、帮助者等，并承担 31 种不同的功能，如离开、归来、设圈套、协同、揭露、惩罚等。普罗普指出，无论人物如何变化，他们在抽象的结构层面所承担的功能是一致的，人物的本质就是行动项。而立陶宛裔语言学家格雷马斯在《语义结构》一书中把人物浓缩为三个对立项：主体 / 客体；发送者 / 接受者；帮助者 / 反对者。著名的法国社会及文学评论家罗兰·巴尔特认为，人物是从属于语言学范畴的，他试图用语言学模式将人物分类进一步抽象化，把行动项当成一个纯语义素。

虽然结构主义叙事学对于人物的看法过于机械，对于一些人物关系和情节结构复杂无序的现代叙事文本也未必适用，但它提供了一种看待处理人物的角度和方法。假设以普罗普理论中的七种角色为横轴，四条故事线为纵轴，我们可以简单地绘出一套《鸽子项圈》故事人物关系图，核心人物以及他们之间的关系就可以比较清晰地呈现出来：

故事线	主人公	假主人公	赠予者	帮助者	被追求者	派遣者	对头
一	纳赛尔	×	×	尤素福	阿伊莎	×	人头巷
二	索比汗	人头巷	×	拉法	努尔	×	教堂里的疯女人
三	尤素福	×	姆沙白	穆阿兹 哈利利 萨利赫	艾宰	×	索比汗
四	阿伊莎	艾宰 努尔	图尔齐耶	纳赛尔	大卫	×	艾哈迈德 人头巷

（一）核心人物

有的学者反对将人物像上述图表中显示的那样简单地功能化，他们认为：“作品中的人物是具有心理可靠性和心理实质的‘人’，而不仅仅是‘功能’。”[①] 也就是说，虽然人物是由语言构建的，但他们“以各种形式组合的差别和变动显示出不可复制的个性”[②]，其丰富性和复杂性就和现实世界的“人”一样。19 世纪的英国作家安东尼·特罗洛普认为：“小说艺术的伟大之处在于，小说家通过塑造真实的人物形象感动读者，引发泪水，最终揭示关于人的真理。”[③] 英国女作家伍尔夫则走得更远，她提出，“所有小说……都是关于小说人物”，小说的艺术在于“展现人物而不是道德说教”[④]。持相似观点的还有法国著名作家安德烈·纪德，他认为衡量一部小说成功与否的标准在于人物是否生动可信，人物源于生活，存在于作家开始写作之前，“小说家所做的仅仅是倾听人物自己的诉说而已”[⑤]。

《鸽子项圈》人物繁多，比较核心的人物就有七八位，下面选取男性、女性和非人格的三位核心人物代表，具体分析有血有肉的人物形象。

1. 纳赛尔。如果说纳赛尔这个人物的功能性更多地体现在他查案

① 申丹《叙述学与小说文体学研究》，北京：北京大学出版社，2007 年，第 60—61 页。
② 刘再复《性格组合论》，上海：上海文艺出版社，1986 年，第 161—162 页。
③ 申丹、王丽亚《西方叙事学：经典与后经典》，北京：北京大学出版社，2010 年，第 54 页。
④ 同上，第 54 页。
⑤ 同上，第 54 页。

的行动中，那么他的人性则更多地体现在他对阿伊莎感情的变化中。相较于行动的循环往复，心理这一条线的进展更为清晰直接。对纳赛尔来说，阿伊莎最初只是可能的受害者之一，他对她不掺杂任何私人情感。后来，他在尤素福的日记中看到了对阿伊莎的形容词“冷的”，他第一次产生了好奇，虽然理性叫他不要分心，但身体里的男性本能还是驱使着他继续在尤素福的日记中了解阿伊莎。随后，他开始阅读阿伊莎的信，从此开始一步步沦陷。他的感情一直在不断变化中，经历了“抵触——愤怒——被诱惑——迷恋——认同——迷惘——（失去后）无助”的过程。与之对应，他阅读信件的位置从办公室转移到了自己的公寓，最后变成了床头，这暗示了他同阿伊莎越来越近的身心距离。他把阿伊莎带进他的私人空间，意味着她已经不再是客观的调查对象了。

小说对纳赛尔情感的转变进行了很多细节处理，他一整天都在掏粪工的粪车旁进行谈话调查，回家后身心俱疲，却没有忘记在翻开阿伊莎的书信前先认真地洗手。他去阿伊莎家搜查的时候发现了半截袖子，却没有把它当作证物带回警局，而是藏在自己的衣柜里，因为他觉得袖子上有阿伊莎的气息。他会在听到有人叫阿伊莎“瘸子”的时候心里很不痛快。当尤苏莉耶以为他也爱上艾宰的时候，他尴尬而迅速地回答：自己爱的是艾宰的朋友……这种转变，从最初纯粹的身体欲望，慢慢地转化成了一种混合着呵护、信任、宠溺、依恋的复杂感情。是阿伊莎，更确切地说是阿伊莎的文字，让他感到自己“被埋在案件卷宗里30多年的身躯第一次有了活着的感觉”（P139），他在那里找回了自己“人”的属性，看到了天堂。随着情感一起变化的还有纳赛尔看待周遭世界的态度，他会在“夜晚漫无目的地走在麦加街头，只是为了确定他的麦加还在，天使没有因为惩罚她的居民而让她消失不见”（P217—218）。当纳赛尔意识到阿伊莎的世界里其实从来没有他的位置，一切只是自己一厢情愿时，他又觉得“仿佛行进在幻象中的麦加，并不是他习惯上守护的那个麦加”（P269）。从塔伊夫来到麦加的纳赛尔，以前只是把这里当成是逃离过去的一个工作之地，但因为有一个叫阿伊莎的女人存在于这里的某个角落，他对这座城市的情感也在逐渐复苏和升温，仿佛城市和女人在某种程度上发生了融合。他看不到那个女人，但可以直观地看到这座城市；他听不到城市的心声，但可以读到女人的独白。这两者的结合，构建了他心中“爱”的完整对象。

2. 阿伊莎（艾宰、努尔）。在故事的第一部分，反复出现的是阿伊莎和艾宰，她们俩有着显著的不同：艾宰外向奔放，尤素福、姆沙白、哈利利都对她倾心，她会问阿伊莎：“为什么我们不能在一个男人崇拜我们的时候笑出声？”（P98）她对自己的女性魅力充满了自信和优越感。她不相信爱情，也不把害怕当回事。她问阿伊莎：“你为什么期待爱情可以永恒？它无非是一种感觉，和其他任何感觉一样，难道你觉得悲伤、恐惧、愤怒会永远持续？所有这些都是注定要消失的。”（P98）阿伊莎则内敛含蓄，对自己女性的身体有种莫名的恐惧和厌恶感。艾宰喜欢画画儿，阿伊莎喜欢看书；艾宰嫁给了姆沙白，阿伊莎嫁给了艾哈迈德……看起来，她们俩就是两个个性和命运都差别很大的好姐妹，但是小说中又一再用各种暗示指出：她俩其实是同一个人。例如阿伊莎在德国给艾宰选礼物的时候，挑了一个镯子，本来说要刻“A&A”，因为那是她和艾宰名字的首字母，后来她说只要刻一个“A”就可以了，因为“每当我在人头巷之外做梦的时候，我就是艾宰，而当她做梦的时候，她就成了我”（P207）。尤苏莉耶在回忆哈利利如何痴迷于艾宰的时候，注意到了纳赛尔表情的变化，问他是不是也喜欢上了艾宰，纳赛尔解释说是艾宰的朋友阿伊莎，尤苏莉耶的反应是“她就是她……”（P180）。尤素福在艾宰嫁给姆沙白后觉得遭到了背叛，可是又觉得“是阿伊莎而不是艾宰背叛了他”（P213）。纳赛尔在一群没有蒙脸的女朝觐者中看到了一张女人的脸，一瞬间，他恍惚在梦中“看到了阿伊莎或者艾宰”（P215）。在小说第一部分的结尾，艾宰的父亲去警察局承认死去的是她的女儿，同时有一个女人离开了麦加，飞往遥远的西班牙。

小说第二部分的女主人公叫努尔，她的身上集合了艾宰和阿伊莎的各种特征。她熟悉各种文学名著，对绘画、雕塑等造型艺术又有着特殊的天赋。她的保镖拉法无意中看到她手上戴的手镯，上面似乎有两个尖塔一样的图形或者是两个字母“A”；在她回到麦加办画展的时候，被穆阿兹认出是艾宰，在尤素福的声声呼唤中，努尔似乎也找回了自己关于艾宰的记忆，然而同时面对尤素福和纳赛尔的努尔却拒绝承认，她说："这世上没有叫艾宰的人，她只是残废的阿伊莎创造出来的，代表了我们所有人。"（P563）她离开时背影有点儿跛脚，这是阿伊莎的特征，因为她在车祸中受过重伤。努尔是艾宰或阿伊莎重生后的另一个身份，但她究竟是谁，到最后仍然是个谜。也许就像努尔说的，这个女子"代表了所有人"（P563）。当尤素福看到装克尔白帷幕的驼轿时，他开始猜是谁躲在这个驼轿里，一个心里的声音说"艾宰"，另一个声音说"阿伊莎"，还有声音在说不同女孩子的名字。这些，都对应了小说一开始人头巷分析受害人的时候所说的——"人头巷里的每个姑娘都符合成为这具尸体的资格"（P11）。

三位一体的女性人物象征着女性这个整体。小说想要展现的不是某个人物的情感和思想，而是女性本身，或者说至少是生活在人头巷、麦加的一群女性的情感和思想、生存和死亡、欲望和迷茫。她们渴望自由地生活、恋爱，感受艺术的美好，展现自己的才华；但同时又受到传统思想的制约和社会舆论的束缚，充满了顾虑，甚至产生了自卑和厌世的情绪。她们在写作中找到或者说创造了另一个自我，代替她们去实现真实生活中无法实现的各种愿望，这个自我是如此地有吸引力，以至于她们分不清想象和现实的边界，也分不清哪一个自己是真实存在的，她们的身份融合在一起，难分彼此。

现实生活中，拉嘉是成功的作家，她的妹妹莎蒂亚则是一位小有名气的造型艺术家。这对姐妹花合作的艺术作品《黑色拱门》代表首次参展的沙特出现在2011年的威尼斯双年展，并引起了众多关注和好奇。作品中斜立的黑色石头象征了麦加的圣物克尔白玄石，也代表了被黑色包裹的让人充满想象和误解的阿拉伯女性。这个事实对应小说里阿伊莎和艾宰的身份，让人不禁会产生一定的联想。

3. 人头巷。它是故事发生的主要场所，也是一个有声音、有思想、有行动的"核心人物"。这个非人格叙述者的存在，让整个故事披上了魔幻现实主义的色彩。这条巷子一开始的自我介绍充满了洋洋自得的优越感："谁敢写像人头巷这样的一条巷子？除了我，人头巷本人……"（P7）它对女性充满敌意，认为她们"生来就是为了向现实投降的"（P119）。它全程介入了纳赛尔对案件的调查，并幻化成门槛上的老者、沙漠里的热浪、日记中的特殊笔迹等各种形态接触他，甚至直接对他说话，扮演着误导者、威胁者等反面角色，让纳赛尔觉得："这条多个脑袋的巷子分明知道被害人的身份，挑衅似地让他去解开这个身份之谜，对他传奇调查员的历史提出质疑。"（P21）一直"诱惑着他，让他越陷越深"（P37）。虽然在人物关系图中把它和其他人物并置，但其实它常常是凌驾于人物之上的，它会背着人物给读者很多提示："因为这是我的故事，所以我选择无视那具尸体……我一直把这里的爱恨情仇藏得好好的，直到尸体把它们都暴露出来。"（P11）人头巷的种种表现，让人一度觉得它就是幕后黑手，就算它不是直接的杀人犯，但也是因为它的狭隘和偏见导致了悲剧的发生。它代表了一种极端的保守势力，残忍而无知，但又悲剧性地注定成为时代变迁的牺牲品。

（二）次要人物

《鸽子项圈》中对次要人物的描写也都非常具有典型性。比如一开始负责人头巷无名女尸案的警察阿里，他的言行和后来接手该案的纳赛尔形成了直观的对比。在凶案现场，他心不在焉，忙于打电话和女人调情，当被问到怎么不搜集指纹的时候，他非常不快地回答："你们知道怎么调查凶案吗？"并用一堆冠冕堂皇的术语堵住众人的嘴，最后得出结论："调查可能持续一个月或者一年，你们每个人都是嫌疑人，我们可不是在拍电视连续剧。"（P16）小说第一部分结尾处，艾宰父亲去警察局认领女儿尸体时看到所有人都在对着电脑屏幕关注股市，可以说阿里就是一个不作为的权威部门的象征，他对于人命的轻视体现出一种职业的惯性，失去了对生命起码的珍视和尊重。小说中多处出现的警察形象，大多数属于阿里这种类型，对工作敷衍，对他人冷漠，唯一的关注点就在于如何利用职务捞取好处。

人头巷里的掏粪工代表的是一些社会边缘人物的生存状态。他对于自己的工作有着始终如一的严谨和认真，对其他的事似乎都很漠然，甚至对于儿子和阿伊莎的不幸婚姻也没有太多的想法。尽管在别人眼里，这是一份令人作呕的工作，但是他看到了每个不同的下水道里相同的故事，山珍海味到了这里都是一样的污秽。如果没有他这样的人，整个城市就会变成一个化粪池。社会经济不断发展，人却只是变得越来越会制造垃圾而已。

纳赛尔的姐姐法帖玛因为未婚夫听信谣传认为她不贞洁并取消婚约而羞愧致疯，赤裸身体跑到大街上，最后被父亲拖回家。年幼的纳赛尔眼睁睁看着她被咖啡壶砸死，他的姑姑叫来了警察，但最后也是不了了之。这一幕和人头巷的案件何其相似，是“每天都会有几十起，最后都以罪犯不详结案”的案件之一。法帖玛是盲目荣誉感的牺牲品，她和阿里分别演示了一个故事的两面，告诉读者，这是一个全社会的惯性思维：一个女孩的死亡并不是什么严重的大事。她的悲剧不是某个女人而是整个女性、整个社会的悲剧。

尤素福的母亲哈莉迈代表的则是广大虽然没有文化却保持着最质朴情感的母亲形象。她每次出场都会有一种安详的氛围。儿子失踪，她被当成嫌疑犯母亲前往警察局接受调查，却一脸慈祥地看着面前的警探纳赛尔，发出“这是个可怜的人呐”（P17）的感慨。这位煮一手好咖啡的母亲经历了丈夫失踪、儿子发疯、被人赶出自家房子的各种打击，却依然可以在信仰里找到安心的理由。她总是虔诚而温和，将一切都交给真主和命运，从不怨天尤人，只要还有人喜欢喝她煮的咖啡，到哪里生活都可以继续。

人头巷拆迁后她来到了吉达，她在托人给尤素福写的信中描绘了吉达的新生活，那里的氛围很契合她的性格和生活方式，轻松而祥和，她的每次出场，都像是在混沌中透出的温暖的光。身为文盲的她，看不懂藏着各种秘密的文字，相较于一直在书本文字中纠结的尤素福和阿伊莎的各种焦虑和绝望，作者似乎是要通过她的文盲身份和她对生活态度的对照说明，获取知识虽然通常被认为是通向自由和幸福的必由之路，但有时知识本身也会成为牢笼，禁锢人们的思想。对生活体验和感悟的能力，对自由和幸福本质的认识，并不一定和丰富的知识有着必然联系。

《鸽子项圈》还塑造了多个带有叛逆性和反抗精神的女性。从死神掌中逃脱的乌姆·萨阿德在重获新生后开始主动把握自己的命运。她要回了属于自己的遗产，为养子设立基金，让全巷子的人去捐款，还带着巷子里其他女性通过炒股票积累自己的财富，人头巷对这个女人又恨又怕，充满了“敲碎这个巷子里唯一的阴性脑袋的强烈欲望”（P85）。

图尔齐耶为阿伊莎制作婚纱，许诺会让阿伊莎看起来光彩照人。她所说的光彩，是阿伊莎娇嫩的皮肤散发的光彩，而不是人头巷里的人所认为的镶金戴银。她嘲笑巷子里那些保守的人们：“每当有什么不幸发生在你们中东，他们就怪罪我们奥斯曼土耳其。当我们用黑袍裹住你们的女性，你们大喊：‘你们带来了黑色瘟疫！’当我们为你们卸下黑袍，你们又喊：‘你们带来了嫉妒！’”（P178）

人头巷里的这些人就是一个完整社会的缩影，每一个人物都是某一类人群的鲜明代表。

二、塑造技巧

人物塑造主要通过两种方式实现：一是直接塑造法，主要是指通过权威叙述者直接向读者点明人物特点的形容词、抽象名词、比喻等勾勒人物主要特征；二是间接塑造法，需要读者经过推敲后才能得出相关结论。[①] 也就是说，使用直接塑造法必须满足两个条件：一是进行描述的应该是权威叙述者，二是必须使用直接而明确的词汇来进行描述，例如“穆罕默德是一个心地善良、出身贫苦的小伙子”一类的表达。如果按照这样的标准，《鸽子项圈》中几乎找不到所谓的直接塑造法。因为《鸽子项圈》故事表面上的叙述者是人头巷，它是一条非人格的巷子，又带着强烈的个人情绪，充满敌意，它的一系列特殊属性削弱了它的叙述权威。而另一位隐藏着的第三人称叙述者则完全扮演客观叙述的角色，从不主动对任何人物进行评价，他会使用“疲劳的”“沮丧的”“害怕的”等一类表征某一时刻心理状态的形容词，但几乎不用诸如“乐观的”

① 申丹、王丽亚《西方叙事学：经典与后经典》，北京：北京大学出版社，2010年，第60页。

“勇敢的”“残忍的”等一类表征人物某种稳定性格特征的形容词，除非是借助人物话语。这位叙述者尽量避免介入对人物的直接介绍，而是让人物自己在小说文本的舞台上表演、展示，通过对话、行为、肖像以及人物相互之间的互动来达到间接塑造的目的。

1. 对话

哈利利的第一次正式出场是在他自己的出租车上。通过他和三位不同身份的乘客之间短兵相接的对话，作者勾勒出一个玩世不恭、喜欢恶作剧的飞车司机形象。除了这些外显的性格特征，我们还可以推断出关于哈利利的一些其他细节。他和巴基斯坦劳工的对话告诉我们，他并不是缺钱才开出租的，因为巴基斯坦人说他穿着考究，像个王子。而他威胁那位带着孩子坐车的当地妇女摘下手套的言行，映射出他对这些束缚着女性也折磨着男性的陈规旧俗的抵触态度，这一点在后面他直白地追求艾宰的一系列言行中不断得到验证。最后那位神秘的白胡子老头和他的对话，则可以说是借人物之口对哈利利性格特征的归纳总结：

老头：“你只是个藏在男人身体里的小毛孩！”

哈利利：“没错，有时候这个小孩会假扮成你这样，穿上希贾兹传统服饰，我车上的箱子里什么衣服都有，我随时都能变成一个像你一样成熟的卡通人物。”

老头：“你是个可怜的灵魂。这就是我对你的诊断。”

哈利利：“不关你的事，我没有灵魂。”（P59）

就在这样的对话中，一个内心脆弱又充满愤懑、虽然爱恶作剧但对人其实并无恶意的人物形象跃然纸上。

2. 行为

在塑造萨利赫这个人物形象时，小说更多的是对他行为的描述，这个因为被抱养而没有合法身份的少年一直生活在恐惧中，害怕随时会被警察抓住遣返到他不知在哪里的所谓祖国去。他话很少，不怎么和人交流，所以每次在小说中出现时，总是处在各种行动中。被姆沙白设计扔在遣返机场时担惊受怕地走在各国劳工中间，陷入对玩偶的扭曲迷恋后跑到商场储物间偷窥，发了疯似的到处偷玩偶往自己的小屋搬。“他用颤抖的双臂合抱起那个身躯，盖上纱巾，一路穿街过巷来到车站，登上了即将启动的公车，一切都出人意料地顺利。”（P203）几天后他变本加厉，这次是“在守卫的眼皮底下，俯身靠近离门最近的一双脚，……毫不犹豫地扛起这个女人离开了”（P204）。通过各种行动，读者看到了萨利赫与生俱来的恐惧感和这种恐惧感消散后无限膨胀的荷尔蒙。他的沉默让这些行动带着偏执和诡谲，好像在看无声电影，但总是隐隐约约地感觉下一秒会爆发出巨大的声响。这样的塑造方式十分符合人物的设定，加强了表现的效果和力度，使萨利赫成为了一个既让人好奇又印象深刻的人物。

3. 肖像

肖像描写是现实主义小说常用的一种人物塑造手段，在现代和后现代小说中则渐渐销声匿迹。现代作家们描写人物的外部特征时，往往集中在某个局部的特写，并且是配合着周围的环境或事件进行的。但是《鸽子项圈》中却不乏这样传统的肖像塑造。纳赛尔在和穆阿兹谈话时，特地在他们俩中间留出了足够的距离，好让自己能够全面仔细地观察这个青年，“他穿着改过的长裤，有点臃肿，头巾遮着乱蓬蓬的头发，脚上穿着一双中国仿制的耐克鞋，像是把摩登现代和陈年不幸组合起来的一个产物”（P111）。这个比喻精准地点出了穆阿兹人生的尴尬，他是伊马目的儿子，很小就背会了《古兰经》，子承父业是他可见的未来，然而他却执着地爱上了摄影，一直偷偷地在工作室体验另一种生活，在相机和宣礼塔之间，他要如何选择，这一点一直困扰着他。他有点儿不协调的穿着正好反映了他摇摆不定的内心。

因为巷子里的女性都是黑袍裹身，似乎无法运用肖像塑造法，不过也有少数的例外。图尔齐耶一出场就让人眼前一亮，在所有女人都是从头黑到脚的人头巷，她光鲜得令人不适应：“带着一身侵略性的颜色走了进来，红色、黄色、明晃晃的白，点着蓝彩的浓重眼影，红色的开衫露出鸽子蛋大小的红宝石，静静躺在两只巨乳中间，进来的时候头巾掉了下来，露出垂肩的耳环。她把头巾戴回去遮住黄色的短的露出双耳的头发。”（P168—169）这样的描写让她一下子就和巷子里的其他女性拉开了距离，充满诱惑和压迫感的形象，为她接下来给阿伊莎裁制婚纱时种种离经叛道的言行做了铺垫。

4. 互动

这里所谓互动，并非指人物共同参与某个事件，而是指他们之间相互描述塑造的过程，因为全知叙述者“置身事外、保持客观”的立场，很多对于人物的描述和评价是通过故事中的其他人物来实现的，这个过程称为“互动”。《鸽子项圈》中人物塑造非常显著的一个特点，是他们经常处在互动之中，这种互动有时是面对面的，比如说纳赛尔和巷子里的人谈话时会出现“纳赛尔眼中的某某”和“某某眼中的纳赛尔”这两种形式。这符合作为警探的纳赛尔对人细致观察的职业特点，可以很自然地引出描述对象的外貌、穿着、神态等，就像上文中提到的穆阿兹。而观察别人的纳赛尔同时也在被人观察，通过他对面人物的视角，读者得以一点儿一点儿拼凑出纳赛尔的形象——“穆阿兹盯着他面前的纳赛尔，他的脸棱角分明，好像训练有素的鹰”（P111）；而有时，人物之间的互动是背对背的，他们相互交叉描述或评价，但彼此都不知道这种描述或评价的存在。人头巷觉得阿伊莎是一个看书太多脑子变得有问题的姑娘，阿伊莎则觉得人头巷对女孩子们有意见，无时无刻不在压制着她们。尤素福写阿伊莎总是在获取书籍方面胜他一筹，阿伊莎写她会看尤素福的专栏文章。穆阿兹觉得艾宰是巷子里的定时炸弹，就算是藏在面纱后面也能透出致命的诱惑；而阿伊莎对他而言只是一个在电脑屏幕前敲击键盘的背影。哈利利眼中的人头巷是一个非法劳工、毒品贩卖者聚集地，不是着火，就是下水道溢漏、房子坍塌，谁也管不了，只能任由一切在里面腐烂。所有这些互动，一方面从多侧面多角度塑造了人物形象，另一方面也造成了一种人物之间互相粘连、呈网络状分布的叙事效果。

通过间接塑造的手法，作者把对人物进行判断的权利交给了读者，小说只负责展示，不构建叙事权威，不进行道德说教。对于扁平人物，读者能够很快地把握人物定位，并在持续阅读中不断强化、肯定这种定位。这会让读者产生一定的成就感和满足感，因为读者觉得和作者达成了某种共识。而对于圆形人物，由于权威的缺失，读者对人物没有一个预设的概念，在阅读的过程中可以根据人物言行的变化不断对其形象定位进行调整，从而经历同情、反感、理解、轻视、怜悯等不同的心理状态，形成一种开放式的阅读效果。

第三章 《鸽子项圈》的叙述者

叙事作品从起源和本质上来说，是一种交流手段，无论是在最初的口耳相传阶段，还是现在被文本化、图像化的阶段，也无论它的载体是声音、文字或者表演等，其根本的目的是向别人传递某种信息，所以整个叙事文本，就是一个交流体系：

叙事文本[①]

真实作者 ⋯→ 隐含作者→（叙述者）→（受述者）→隐含读者 ⋯→真实读者

对应《鸽子项圈》的文本，上图中的真实作者是拉嘉·阿丽姆，真实读者就是世界各地读这部小说的人，隐含作者是撰写《鸽子项圈》的拉嘉·阿丽姆。“隐含作者”是真实作者的“第二自我”、作者的一个隐含的替身。作者在写作某一部作品时，是动用了他的某个替身，这个替身具备真实作者某些方面的特质，也可能具有某些真实作者没有但是希望拥有的特质，即作者根据具体作品的需要，用不同的态度表现自己。隐含作者与真实作者之间的关系微秒而复杂，隐含作者在智慧和道德等层面往往要高于真实作者。一个作者在其作品中表现的思想、信念、规范、情感和实际生活中的这一切并没有必要完全保持一致，甚至可以背道而驰。但一般来说，在同一部作品中，隐含作者会被看作是一个稳定的实体。

《鸽子项圈》中表现出来的隐含作者，对于女性地位和处境的描述是直白而明确的：“人头巷的姑娘们出生在盒子里，只有靠魔法才能打开这些盒子，她们才得以站起来，出去透一口气。”（P158）“我们，人头巷20世纪的姑娘们，对于挣脱这件事是无能为力的，我们在类似于地下世界的环境中成长，当我们被允许出去时，则必须蒙上一袭黑衣，让这个男性的世界看不到我们……”（P46）类似的例子在小说中很多，读

① 西莫·查特曼《故事与话语：小说和电影的叙事结构》，徐强译，北京：中国人民大学出版社，2013年，第151页。

者能明显地感到小说刻意塑造的对女性充满敌意和压抑的环境，以及在这样的环境中女性或消极承受、或迷茫愤懑、或叛逆抗争的不同反应。这些描写似乎都符合一般读者对沙特社会的固有印象，以至于会想当然地认为这些观点就是拉嘉本人的真实想法，认为小说就是一部控诉男权社会对女性压制的作品。

但真实作者拉嘉的态度，却并不像隐含作者那样立场鲜明。在获得阿拉伯小说国际奖之后接受一家德国媒体采访时，拉嘉被问到了沙特女性权利问题，她表示，沙特法律规定了男女平等的权利，沙特女性可以和男性同工同酬，可以享受各种优待。记者随即问及外界对沙特女性的状况是否存在误读和曲解，她的回答是："如果你问沙特女性，她们会说，我们不想改变，我们很幸福。……总会有人说：'天呐，女人都不能开车！'可事实上她们对有专门的司机感到很满意。"[①] 在这里，且不论哪种言论是拉嘉本人内心的真实想法，可以肯定的是隐含作者的存在，以及他同真实作者之间的距离和差异的存在。

《鸽子项圈》中的隐含作者到底是真实作者的哪部分第二自我，其实在小说的题记中已经给出了基本的定调："房子上画着红色的'×'，意味着很快要被拆除……所有那些单纯的过去现在都消失了，不复存在，除了在这本书里。"（P5）书写《鸽子项圈》的拉嘉怀念着过去，对现实不满却又无奈，想要为留住过去而做点儿什么。这决定了小说虽然会有批判，但更多的是缅怀。有的学者认为隐含作者"什么也不能告诉我们。因为没有声音，没有直接交流的手段"。但是他就如同纸张的底色一般，随时都可以看到，能够"通过整体的设计，借助所有的声音，采用它所选择的使我们得以理解的所有手段，无声地指导着我们"[②]。

和隐含作者相对应的是隐含读者，他不是生活在真实世界里千差万别的"真实读者"，而是叙事本身所拟设的受众，"是隐含作者心目中的理想读者，是跟隐含作者完全保持一致，完全能理解作品的理想化的阅

① http://ar.qantara.de/content
② 西莫·查特曼《故事与话语：小说和电影的叙事结构》，徐强译，北京：中国人民大学出版社，2013 年，第 148 页。

读位置”[①]。诚然，这样的读者事实上是否存在值得商榷，既然是理想化的，那通常只能无限接近，无法真正到达。不过在实际应用中，隐含读者的概念可以回避真实读者的差异性和不可知性，对于分析叙事信息的接收和反应环节十分必要。

如果说隐含作者是作者某一部分思想意识和写作意图的集中体现，那么叙述者就是这部分思想意识和写作意图的直接执行者。叙事在故事层面研究“说了什么”，而在话语层面则研究“怎么说”。既然有动词“说”，那么在语法上必然存在一个主语，有一个“谁在说”的问题，这个“谁”就是叙述者。叙述者问题被认为是叙事话语的基本构成要素。最古老的叙事是口耳相传的讲故事的艺术，那个讲故事的人就是叙述者，当口头文学逐渐被书写所代替，叙述者以一种新的形式得以重生，他不再用听得到的言语，而是用看得见的文字继续着传承了千年的叙事艺术。在当代叙事学理论中，叙述者指涉着一个庞大的概念体系，是叙事文本研究中无法绕开的基石，但从本质上说，小说中的叙述者就是用文字“讲故事”的人。

和叙述者相对应的是故事信息的接受者——受述者。每一个叙事文本中都至少会有一位叙述者，也“至少有一个（或多或少公开地表现出来的）受述者，处于叙述者向他讲述的同一叙事层次上”[②]。我们可以把整个叙事看成是由叙述者向某个受述者传达叙述内容的过程。有的叙述者本身还参与故事，是人物之一，有的仅仅起讲述的作用，不容易被发现，往往会同作者相混淆，然而“叙述者从来就不是作者，无论人们知道与否，他只是一个作者创造并接受了的角色。对他来说，堂吉诃德、包法利夫人、维特确确实实存在。他与小说中的世界是一致的”[③]。也就是说，叙述者和小说世界一样是虚构的。

---

① 申丹、王丽亚《西方叙事学：经典与后经典》，北京：北京大学出版社，2010 年，第 77 页。

② Gerald Prince. *A Dictionary of Narratology* (Revised Edition). Lincoln: University of Nebraska Press, 2003, p. 57.

③ 沃·凯瑟《谁是小说叙事人？》,《叙事美学》，王泰来等编译，重庆：重庆出版社，1987 年，第 111—112 页。

第一节 叙述者的多元性

一、核心叙述者

《鸽子项圈》中一共有四位核心叙述者：日记中的“我”——尤素福、书信中的“我”——阿伊莎、第一部分故事中的“我”——人头巷，以及一位统摄全文的第三人称全知叙述者。

三位第一人称叙述者既是“作为故事讲述者的叙述者”，又是“作为故事经历者的叙述者”，因为他们都会追忆过往和描述当下。尤素福和阿伊莎作为第一人称叙述者很容易让人理解和接受，但人头巷这个“我”则有特殊之处。人头巷本来应该是事件发生的场所，但它被完全拟人化，成为有声音、有思想甚至可以有行动的人物之一。小说一开始，人头巷的叙述非常强势，基本上垄断着整个故事的叙述进程，“作为我人头巷”“我的巷口”“我的台阶”这些表达在小说中比比皆是，由于它特殊的非人格身份，小说运用了一种强化的处理方式，不断通过显著的“我”信号，凸显人头巷这位叙述者的身份。不仅如此，小说还把这位叙述者设计成带有强烈的自我意识、情绪冲动的形象，这一方面有助于读者将人头巷人格化，认可人头巷的叙述地位，重视它的叙事话语，另一方面又不断提醒读者现在说话的是一条巷子这样一个荒诞的事实，从而产生一种矛盾、荒诞、超现实的叙事效果，也为故事中发生的一切不可思议的事件进行了铺垫，巷子都能开口说话，这里还有什么是不可能的？

小说中的第三人称全知叙述者在故事的第一部分时隐时现，若有似无，是夹杂在三个“我”中间的声音，比起第一人称鲜明的个性，这位叙述者更为客观和冷静。小说中的第一句话独立成段，还刻意和下面人头巷的叙述多留了一行空白：“这本书里唯一确定的是尸体的位置，是一条狭窄的叫作人头巷的地方。”（P7）这里很明显有一个凌驾于人头巷之上的声音在控制着整个故事。虽然随后人头巷令人惊奇的出场以及它强势的叙述风格让人暂时忽略了这位幕后叙述者，但是在随后的阅读中总是可以在人头巷叙述的间隙发现“巷子”“这条巷子”一类的表达，例如，“但是人头巷的案件不同，这条有众多头颅的巷子非常清楚死者的身份，挑战似的等他去解开谜底”（P21），“麦克风发出啸叫声，撕扯着巷子的胸膛”（P31），等等。甚至在部分章节的叙述中，完全找不到人头巷的踪迹，一切与人头巷有关的“我”的信号都消失了，叙述的立场也变得更加客观，很显然是那位第三人称叙述者暂时接手了人头巷的叙述任务。而到了小说的第二部分，第一人称叙述者的成分明显减少，人头巷更是不再发声，这样的变化是和人头巷本身的境遇相一致的。在尸体出现之前，它是掌控大局的君主，虽然和诸多麦加的历史名巷比起来寂寂无名，但至少在这个巷子里是它说了算，它知道所有人的秘密，把这些秘密都藏得好好的，悠闲自在地吞云吐雾。但是尸体出现后，很多它掩盖的秘密被不断揭露，各个人物的声音渐渐洪亮起来，它的控制力和权威性不断被削弱，更重要的是，它正面临着一步一步的拆迁规划，它很快就会从地图上被抹去。所以这种叙述力量的倾斜转换，是从话语层面达到了与故事层面的同步发展，人头巷叙述声音的由强转弱，正好对应了它逐步走向消亡的步伐，使读者不仅从内容上，而且从形式上真切地感受到巷子不断弱化、面临消失的处境，这样的叙述者转换也符合“解密”这一叙事需求。因为在第一部分故事中，所有人都在发出声音，提出疑问，制造悬念，造成一种众声喧哗、烟雾缭绕的叙事效果，正配合了人头巷因为女尸案而人心浮动、乱象丛生的状态；而第二部分是要一步一步解开各种谜团，最后发现所有人都像是历史洪流中命运手中的棋子，没有半点儿主导权，那又何来的话语权？只有上帝般的全知叙述者才能担当起讲故事的重任，也只有它才能把每个人的境况一览无余地呈现在读者面前。

二、核心叙述者的受述者

无论是第一人称叙述者还是第三人称叙述者，都有其发出信息时预设的对象——受述者。第一人称叙述中的受述者会有一个明显的“你”或“你们”之类的信号。

《鸽子项圈》中第三人称叙述者的受述者可以理解为等同于隐含读者。因为在这位叙述者的叙述过程中始终没有出现“你”“你们”或者“读者们”一类的表达，所以这一交流层次始终处于一种隐性状态。“你”信号和“我”信号一样不显著。

而三位第一人称叙述者的受述者情况则各不相同。对于书信中的“我”——阿伊莎来说，她的受述者很明确，就是信件的收件人，她经常在书信开头用“^”符号来称呼“大卫”，她会用“你不会理解……”“你知道吗……”“你的……”等一系列表达，强调这位受述者的存在。她所有的情感流露、困惑疑问、回忆幻想，都是想象着大卫在电脑的另一端进行阅读和倾听。但是这个受述者是没有任何回应的，也就是说书信中的“我”和“你”是没有直接交流的。所以阿伊莎的书信本来是对着大卫说的，却经常陷入一种自言自语的状态，上述那些明显的“你”信号虽然时常提醒着读者——这是一些虽然没寄出但是有对象的信，事实上这些信件只剩下信件的形式，从内容上来说，它更多则像尤素福的日记一样，成为记录自己不如人意的生活的一种手段。产生这一效果的原因，客观上来说是因为尤素福的受述者艾宰虽然没有出现过，但通过故事中其他人物的描述，她的形象还是鲜活的，尽管只是一个侧影，但是大卫自始至终除了阿伊莎的描述外，没有任何直接描写，以至于让人怀疑他是否只是阿伊莎一厢情愿幻想出来的人物。

在这种情况下，作为书信的阅读者，纳赛尔成了这些信息真正的接收者，因为侦查案件的需要，他得到了阿伊莎所有的信件，一开始是作为破案线索，后来是作为一种精神慰藉而必须仔细阅读，他对信件内容产生的生理和心理的反应，让他渐渐将自己代入了大卫的位置，假设阿伊莎是在对他诉说。所以当阿伊莎问“你爱我吗？”的时候，这个“你”似乎不仅仅是针对大卫，也是针对纳赛尔说的。也就是说，排除读者代入受述者的情况，在小说闭合的交流体系中，阿伊莎的“我”对应的“你”是大卫，但同时又是纳赛尔或者说其实是纳赛尔。这就使得阿伊莎这个叙述体系不是绝对封闭的，而是具有模糊性和不确定性的，从而让纳赛尔的介入以及他和阿伊莎之间非接触性的互动成为可能。

尤素福的受述者更加复杂。他的日记分为两个部分，一个部分题目为“乌姆·古兰（麦加的别称）”，另一个则是“艾宰”。在“乌姆·古兰”部分，他记录的是麦加的历史，是客观的编年记录，因而没有明显的受述者。而在“艾宰”部分，第二人称和第三人称经常交替使用，一会儿称呼艾宰为“她”，一会儿又称为“你”，当他使用“你”的时候，无疑是面对着艾宰或者说自己幻想中的艾宰，他对艾宰的爱是如此强烈，似乎他发出的任何声音，都是为了能让艾宰听到：

我书写是为了抵达你，艾宰啊！是为了穿透你那像黑夜一样将我摧毁的巨大面纱……当我书写的时候，别嘲笑我。（P22）

我明白，我不是在和你说话，我是在和我这些日记的读者说话，他们必定会在你之后到来。（P23）

当他称呼“艾宰”为“她”的时候，他又是在对谁诉说呢？

对于在字里行间搜索着“我是谁”的那些人，我要对他们说，我是一个女作家，一个女历史学家，半个机器人，尤素福。我 28 岁，因为某种诅咒被错生在了 80 年代，生活在 21 世纪，但是我要在这儿记录我的秘密，我向你发誓，读者啊，我以更完美的身躯出生在 50 年代，我度过了 60 年代，我就是在那儿遇到了艾宰，她那个时候爱我，和我一起在时间里迁徙。所以，你别追问关于任何事情是否真实或者真相是什么。（P23）

这里的受述者是尤素福自己假设的一个群体，他们作为日记的阅读者，在整个小说内部的交流系统中存在。纳赛尔在翻阅尤素福的日记时觉得他的书写“是为了被阅读，而不是隐藏什么秘密，甚至是拒绝被掩盖的”。他期待着有人读到他的日记，读到他的历史和他的爱情。在调查案件中经常翻看日记的纳赛尔和尤素福也构成了一个交流体系。在日复一日的阅读和被阅读中，双方也建立了某种联系，所以他虽然从来没有见过尤素福，但总是能够感应到这个青年的存在，多次凭着直觉几乎就追到他了，最后在麦地那先知清真寺第一眼看到尤素福时就认出了他，并且很自然地参与到了尤素福等人追查索比汗集团幕后阴谋的行动中。从警察和嫌疑犯到共同进退的战友，这中间的转换小说并没有专门予以解释，但读者却不会感到突兀，这正是由于两人叙述者和受述者身份的不断铺垫造成的。

而对于人头巷的“我”而言，它的“你”或者“你们”指向的是人头巷里的所有人，以及后来进入到巷子里的人，如纳赛尔。但不管是谁，都无法回应巷子的叙述，但又确确实实受到了影响。在《鸽子项圈》中，人头巷在一开始经常直接向读者发言：“有时，我坐下来祈祷——是的，你们别吃惊，每样东西都会祈祷……”（P8）“自从他（尤素福）回来后，我就日夜监视他的一举一动，你们看他，眉头都紧锁成条壕沟了……”（P89）在这种情况下，人头巷发挥的是一种“吸引型”叙述者的功能。这种拉近读者的做法，从话语层面说有利于它非人格的叙述者身份尽快地被读者接受，而从故事层面上，则可以表征出它一开始笃定、悠闲的状态，因为觉得一切尽在掌握。但是很快它就无法再淡定地和读者闲聊了，事情的发展超出了它的控制，纳赛尔没有像它希望的那样让案子不了了之，而是挨个儿调查巷子里的有关人员，甚至把它——人头巷当成了凶手。它的叙述渐渐变成了一种自言自语：“如果他们找我去局里调查，我会告诉他们哈利利是凶手。”（P92）“当他经过阿訇达乌德家时，发生了一件超出我控制的事件。”（P94）“似乎只有我关注着纳赛尔的沉迷，他开始在咖啡店里一坐好几个小时，看阿伊莎的信。”（P119）这种叙述方式的转变，表现出人头巷在立场和心态上的变化。它开始焦虑、不安，时刻担心自己的秘密被揭开。当它开始幻化成各种形态——坐在门槛上的老人、角落里的一堆垃圾，甚至一阵热浪，并呼唤着人物的名字对他们展开威逼、利诱的时候，它已经重新调整了坐姿，把发言的方向转向了故事内的事件和人物，几乎是背对读者了。

无论是面对哪位第一人称叙述者，当他们呼唤“你”或者“你们”的时候，作为真实读者，很容易将自己视为当然的受述者，虽然热奈特认为：“（真实）读者不能将自己与这些虚构的受述者相认同，正如这些故事内的叙述者不能向我们说话，甚至不能设想我们的存在一样。”① 但当真实读者将自己代入受述者未知的时候，叙事交流就突破了小说的边界，从文本中溢出，进入了真实的世界。小说中的人物，就切实地和真实读者发生了沟通和互动，虽然他们无法设想我们的存在，但我们却可以感受到他们的存在，这种奇妙的境遇，就是第一人称叙述的魔力所在。

不同的叙述者和受述者的对应关系，使得叙事文本被划分成了几块相对独立的区域，叙事交流在不同的区域内分别进行，就好像在读者面前矗立着一栋楼，每个窗户的灯都亮着，里面上演着不同的戏码，让人应接不暇。叙述者创造了“文本”，受述者赋予了文本功能和意义，不同的受述者会赋予同一个文本不同的意义。一个文本一旦形成，它从某种程度上就脱离了作者的控制，成为一个独立自足但不封闭的系统，对于这个文本的再创造，是由读者而不是作者来完成的。任何一个叙事作品只有当被阅读的时候才算真正有了生命，作者创作的文本是作品的艺术极，而读者对于作品的阅读和理解是作品的审美极，两者相互依存，缺一不可。

三、其他叙述者

《鸽子项圈》除了几位主要的叙述者，很多人物都会在特定的时刻成为局部和暂时的叙述者，比如羊皮古卷中讲述自己和腹中胎儿遭遇的萨拉；作为嫌疑人母亲面对纳赛尔讲述尤素福父亲传奇人生的哈莉迈；在西班牙南部的一座教堂里向努尔讲述古代先贤寻找打开万物之门钥匙的疯女人，等等。这些叙述者配合着核心叙述者构建了一张叙事之网，各具特色，相辅相成，形成一种众声喧哗的叙事效果。

这些声音中，有向处于故事世界外的受述者讲述的“公开型”声音，比如说人头巷、全知叙述者；也有只向故事世界里的受述者发言的“私下型”声音，比如阿伊莎。还有很多声音介于两者之间，比如说尤素福，他的日记本来应该是以艾宰为受述者的“私下型”声音，但就像

① Gérard Genette. *Narrative Discourse*. Ithaca: Cornell University Press, 1980, p. 260.

纳赛尔说的，尤素福的书写“是为了被阅读，而不是隐藏什么秘密，甚至是拒绝被掩盖的”（P23）。而其他叙述者的声音，看起来好像是“私下型”，因为他们都是以故事中的另一个或另一些人物为受述者，但是当他们开始叙述的时候，受述者并没有和他们发生频繁的互动，而他们也并不在乎受述者想知道什么，只是纯粹地表达自我，这使得他们的声音就好像是对着故事外进行的演讲一般，具有了“公开型”的特征。

值得注意的是，《鸽子项圈》众声喧哗的主要声音来自女性，这一点从核心叙述者方面看并不明显，但是其他众多临时成为讲故事的“我”却绝大多数为女性，并且她们主要负责追述过去。女性主义叙事学著名学者苏珊·兰瑟认为，女性遇到的限制，并不仅仅是不让她说话，更重要的是不让她对“广大听众”说话。而在《鸽子项圈》中，作者通过让对白“独白化”的方式，实际上是让她们面向读者直接发声，赋予她们公开说话的机会。把叙述权交给女性，让她们去重述历史，是希望能从根源上改变女性“被讲述”的命运。人类历史几乎就是一部男性编年史，正是对历史的书写权，让男性累积了绝对的权威性和正统性。女性要摆脱附属地位，摆脱阿拉伯传统文化中为她们定义的“尘世的装饰品”这一身份，仅仅在当下抗争是远远不够的，应该要追溯到源头，揭开那些被隐藏的，修正那些被篡改的，找回那些被抹去的，重新书写历史，让女性的声音不再缺席。

《鸽子项圈》中反抗男权的意识不能说不强烈，但这样的声音和很多其他的声音夹杂在一起，比如说对一味强调性解放的反讽和质疑，对社会快速发展的担忧和反思，对男性在社会中所承受压力的理解，等等。所以，《鸽子项圈》并不能算是真正意义上的女权小说，她展现的是一个社会集体的声音。面对巨大的社会变革，每个人都不能幸免，不论男性、女性，或者当地人、外来者，所有人都在这样的洪流中被迫重新认识自己，寻找自己的位置。《鸽子项圈》只是提出问题，它没有、也不可能解决这些问题。它故意对关键事件做模糊处理，撕裂、拖延情节的进展，对人物内心展开全知叙述，所有这些努力，都是为了让读者完整、全面地听到所有人的声音。

第二节　叙述层的套嵌

《鸽子项圈》的众多叙述者并不是在一个层面上并列地叙述，而是在不同层面上分别但又交叉地叙述，就好像站在高低不同的合唱架上一样，层层相扣，形成某种套嵌结构。按照叙述者和故事的关系，叙述者分为“同故事叙述者”或者“故事内叙述者”和“异故事叙述者”或者“故事外叙述者”。前者同时还是故事中的人物；后者则位于整个故事之外，没有任何的参与，只负责叙述。绝大部分第三人称叙述都有一位异故事叙述者。有时，故事内叙述者讲述的故事里又包含了另一位人物讲述的下一层故事，这个人物叙述者被称为亚故事叙述者。“对故事外叙述者、故事内叙述者和亚故事叙述者的区分就是对故事外叙述层、故事内叙述层和亚故事叙述层的区分。”① 正如罗兰·巴尔特所指出的：“叙事作品是一个层次等级。理解一部叙事作品不仅仅是理解故事的原委，也是辨别故事的‘层次’，将叙述‘线索’的横向连接投射到一根纵向的暗轴上；阅读（听讲）一部叙事作品，不仅仅是从一个词过渡到另一个层次，而且也是从一个层次过渡到另一个层次。”②

《鸽子项圈》中故事外叙述者就是那位第三人称全知叙述者，它属于异故事叙述者；故事内叙述者是人头巷，属于同故事叙述者；而亚故事叙述者是并列的阿伊莎和尤素福，他们都是同故事叙述者。

在小说的第二部分中，随着人头巷的拆除，它不再作为人物发声，仅仅是作为情节发生的地点存在，所以上文所述的人头巷叙述层消失了。尤素福的日记和阿伊莎的书信也不再频繁出现，因此整个叙事层次就简化为两层，有的时候甚至只剩下最外层的叙述层，所以在分析的时候，主要以小说第一部分的叙事层次为考察对象。

这三个层次中的故事外叙述层是容易被忽略的，因为人头巷在一开始以第一人称强势出场，读者会自然地把它当成整个故事的非常规的叙述者，把它的叙述层次视为最外层的叙述。但事实上整个故事是有着一

① 申丹、王丽亚《西方叙事学：经典与后经典》，北京：北京大学出版社，2010 年，第 81 页。
② 张寅德《叙述学研究》，北京：中国社会科学出版社，1989 年，第 9 页。

个包容整个作品的故事外层的，这个故事外层的叙述者，正如我们在上一节所分析的，时常能让读者感到它的存在，仿佛站在人头巷背后，以更广阔全面的视野来补充那些发生在人头巷无法触及的角落里的事件。比如纳赛尔在追踪神秘老者去姆沙白花园后就觉得有人不仅在跟踪他，还像是操控了他的行为一样，一步步指引他去探寻一些“人头巷都不记得的人和事”。这里的故事外叙述者告诉我们，有一些事情是连人头巷自己都已经遗忘的，现在纳赛尔被一股神秘的力量驱使着去探寻，这样不仅推动情节的发展，也使人头巷这个角色的形象发生了转变。在一开始以人头巷为主的叙述层中，读者感受到的是人头巷的独裁和邪恶，似乎巷子里人们生活的悲剧都是由它一手造成的。而故事外叙述者显露出来之后，读者慢慢发现，原来一切的背后有更强大的势力在操控，由此才会理解为什么纳赛尔在展开调查一段时间后，在案件有关人员关系图中被害人的位置上添加了人头巷的名字，因为其实作恶者人头巷本身也是受害者之一，最后人头巷只留下一片废墟，也印证了它的被害人身份。所以这一层次的区分对于情节的展开和读者对故事的理解都是至关重要的。

而在人头巷的叙述层次中，虽然它不是一个一般意义上的人物，和其他人物的交流无法通过常规的互动、对话等形式来实现，但它对于事件是积极参与的，它把巷子里的事都视为自己的管辖范围，它并不是一位客观的旁观者，而是带着明显的立场和态度的参与者，所以我们将其视为同故事叙述者。它同阿伊莎、尤素福、穆阿兹等人的交流主要是通过互相评价、分析的间接形式来实现的。它同纳赛尔的交流常常会更直接一些，比如纳赛尔在刚刚接手人头巷的无名女尸案时，在办公室工作到深夜，案情毫无头绪，陷入死胡同，虽然每天都会有这种强奸案或者谋杀案发生而不了了之，但人头巷的故事有点儿不同。“这条多个脑袋的巷子分明知道被害人的身份，挑衅似的让他去解开这个身份之谜，对他传奇调查员的历史提出质疑。”（P21）纳赛尔在半梦半醒间，“人头巷那些灵魂的愤怒，它没日没夜的混乱侵入了他所有的感官，要报复他和阿伊莎”（P101）；人头巷会直接干预纳赛尔的行为，因为它觉得“成功地给纳赛尔郁闷的困境增加了一点儿亮色这种行为是危险的”（P42）。人头巷的叙述层次是以纳赛尔的故事线为核心的，可以说在纳赛尔的调查过程中，人头巷扮演了一位阻挠者的角色，所以在查案这一故事层次中，人头巷充当的是同故事叙述者的角色。

尤素福和阿伊莎的叙述层次比较清晰，以日记和书信为依托，构成独立的叙述层次。都是讲述自己的故事，所以二者的同故事叙述者身份也毫无疑义。虽然尤素福日记中有历史的部分，在这部分书写中，尤素福承担的是讲述而不是参与的职能，但这些历史并没有构成一个完整的叙事，而只是零碎的信息记录，不属于故事的范畴。对艾宰的爱才是尤素福书写的原动力，书写历史也是在对艾宰的爱无处安放的情况下的一种宣泄，一种情绪的转移，所以记录历史只是作为同故事叙述者尤素福的一项行为，而并不构成单独的叙述层次。日记和书信这一特殊修辞手段的叙述层次同人头巷的叙述相比，更像是一种内心独白，集中表现各自的体验和感触，可以说是从内部对前面两个叙述层的补充。

《鸽子项圈》的故事具有套嵌式的叙述层次，但它们不是以同心圆的方式和谐而互不干涉地存在，而是以不规则的图形相互套嵌、关联、粘连在一起的，无法清晰地剥离开。从故事外层看，人头巷、尤素福和阿伊莎都是作为人物出现的；而从故事内层来看，人头巷通过纳赛尔连接着尤素福的日记和阿伊莎的书信；而在亚故事层，阿伊莎又将人头巷作为压抑的象征和一个看不见的敌人。也就是说，各个层次之间的叙述并不是完全独立封闭的，而是互相渗透、相互补充的，从不同的角度讲述一个故事的不同侧面。

不同类型、不同功能的叙述者的存在，使小说叙事结构显得立体而有层次感，另外一方面也保证了三个层次不同的叙述者，各自承担不同的叙述功能，有时相互补充，有时相互矛盾。这些不同的叙述者，构成了一层嵌一层的叠套结构。传统的多层次叙述是一千零一夜式的，一个叙述者讲述一个故事，在他所讲的故事中，会有一个人物讲述另外一个故事，以此类推，层层相套，但每一层故事之间，只是以叙述者为连接点，在情节和人物上没有交集，这样的层级关系十分清晰。但现代小说已经不满足于这种传统的叙事方式，它们打破了各套层之间的壁垒，将各层的人物和情节打乱，重新无序组合，随意串联。因为作者在创作的时候，人物情节之间的选择是随机的，任意抽取不同套层之间的某几个人物，通过某种手段将他们串联起来，效果就仿佛是立体画或者一些迷惑视觉的作品，你分不清哪条线是实的，哪条线是虚的，哪条线是属于哪个维度的，哪个面是立体的，完全是一种错综复杂的视觉迷宫。《鸽子项圈》就是要达到这样的目的，渐渐地让读者放弃寻找传统的所谓线索、逻辑、真相，只专注于语言文字和这些语言文字所透露出来的情绪和情感。

第三节 多重视角

多元的叙述者和多层次的叙事结构使《鸽子项圈》拥有了全方位的视角，可以聚焦，也可以全景，使小说的表现手段丰富而强大。视角是当代叙事理论关注的一个重点，也是表现叙事话语特征的一个重要因素，不同的视角模式会影响叙事文本的表现形态，往往人物越多，视角转换越频繁，文本的形式和意义就越丰富。因为不同的叙述视角提供了观察人物、事件的不同侧面，从而赋予了作品更加丰富的意义。

从视角的功能来看，叙述者可以分为全知叙述者、内聚焦叙述者和外聚焦叙述者。全知叙述者，也称为零度聚焦叙述者，拥有上帝般的双眼和洞察力，并熟悉故事中所有人物的身份、思想和感情；内聚焦叙述者就是叙述者运用文本中人物的视角观察和感知世界；而外聚焦叙述者则多以旁观者的视角，站在故事外面进行叙述和观察，他同全知叙述者的区别在于，他的视角会有很多盲区，他只能从自己的位置进行符合自己身份的客观描述，比如心理活动就超出了他的观察范围。

人头巷的叙述属于外聚焦视角，“即从外部客观观察人物的言行，但不透视人物的内心”[①]。它自诩掌控一切，它“会在一个女人坠入爱河

① 申丹、王丽亚《西方叙事学：经典与后经典》，北京：北京大学出版社，2010年，第77页。

时闻到她特殊的味道”（P281），它无时无刻的监视让巷子里的人养成了一种对外部世界天生的恐惧，但是它看到的仅仅是表象，它只看到这些青年们怪异的行为、疯狂的举动，却看不到他们内心真实的想法和痛苦的挣扎，不知道这些行为和举动是为何而来，它只注意到了那些说出来和做出来的爱恨情仇，却从来无法了解这些爱恨情仇是如何一点儿一点儿生根发芽、不断长大的。它没有意识到自己已经成了巷子里年轻人脖子上的枷锁，让人反感，也没有意识到纳赛尔虽然看似每一步都被它牵着鼻子走，但内心却渐渐对它产生了警惕。

人头巷虽然是一位非常强势的叙述者，但它的外聚焦叙述却是有弱点的。第一是因为它有盲区，巷子以外的世界以及人们内心的世界是它所观察不到的，如果所有的叙述都由它承担，那小说的深度和广度会受到极大的限制。第二是因为它有偏见，认为“在我的历史上从来没有什么女性对手，因为我知道她们生来就是为了向现实、我这令人耻辱的现实投降的”（P119），一位偏激的叙述者显然无法客观地讲故事，所以小说还设置了一位全知叙述者，也就是第一部分的第三人称叙述者。

全知叙述者拥有“上帝”视角，可以从任何角度观察事物，透视任何人物的内心，在时间和空间上不受任何限制，也经常会借人物之口或者自己直接发表观点，补充人头巷无法叙述的部分。我们在前面提到过人头巷的叙述主要集中在纳赛尔查案这条故事线上，所以尤素福和克尔白钥匙这条线的故事就基本上由全知叙述者来承担叙述任务。即便是在人头巷承担主要叙述人物的故事线中，在一些有关心理活动的描写中，人头巷也处于“失声”的状态，因为它作为外聚焦叙述者，是无法到达人物内心的。所以当纳赛尔不是去巷子里调查案件而是因为阿伊莎的信产生了生理和心理的双重反应，内心的欲望和理性不停斗争时，当他站在镜子前看着自己健壮的身体还产生了“如果像艾宰或阿伊莎这样的姑娘看到我这样完美的身材会有什么想法”（P50）的念头时，这里的叙述者也是全知叙述者。也正是通过它，我们看到了一个更完整的故事。

尤素福和阿伊莎的内聚焦叙述，由于日记和书信的特殊修辞手段，更像是一种内心独白，聚焦于各自的体验和感触。通过尤素福的视角，我们看到了一个披着神话传说光芒的神性的麦加和禁寺，完全不同于现代化钢筋水泥中的城市，而是充满灵性的地方，我们也看到了尤素福对艾宰的看似疯狂的爱是从童年时候的美好记忆一点儿一点儿累积起来的，艾宰已经成为了他本身不可分割的一部分，他的那些行为都有着充分的理由；而通过阿伊莎的视角，我们看到了巷子里的年轻女孩们从小接受的是怎样的教育，阅读对于这些女孩们来说意味着什么，她们如何带着恐惧的心看待外面的世界，又是如何同这种恐惧抗争的。回到麦加办画展的努尔被问到画儿的意义时，说："恐惧使我们变成女战士。"（P553）阿伊莎的视角，就集中于这种恐惧和变成女战士的心路历程。

叙述者的视角并不是完全固定的，有时会发生转换。比如尤素福在讲述萨利赫迷恋玩偶的故事时，使用的其实是萨利赫的视角，"那些店主交给他仓库的钥匙，在他身边堆满玩偶，把他关在里面，扬长而去"（P200），这些动作看起来好像是强迫那个黎巴嫩人待在仓库里，但既然给了钥匙，就不存在把他锁在里面的情况，那些店主也不可能刻意地把模特堆在他周围，这些都是愤懑又嫉妒得发狂的萨利赫一边看一边幻想出来的。之后那句话解释了他的异常："站在这些紧闭的门外真是如在地狱中，好几个夜晚，萨利赫就这样站着，想象着在这些门后那个愚蠢的黎巴嫩人和他的模特们在一起，那些画面撕咬着他。"（P200）"他看到黎巴嫩人站在那儿，对着一个白皙的女体，他似乎能感觉到她渐渐急促的呼吸。"（P201）黎巴嫩设计师在模特身上摆弄衣服的动作，在萨利赫的眼中全部成了男人对女人挑逗性的动作。在使用萨利赫的视角时，叙述者尤素福也没有放弃自己的视角，他会在叙述的过程中插入自己的评价："你呀，萨利赫，恐惧和热望让你迷失了方向，你的手指不能动弹，冰冷得像冰箱里的死鱼。"（P202）视角的切换使得整个叙述显得灵活多变，让人眼花缭乱，混乱的场面和变动的视角制造出晃动摄像机的效果，更好地表现出了萨利赫的癫狂状态。

全知叙述者有时也会放弃上帝视角，转而从某个人物的角度来展开叙述。哈莉迈发现了天台陶罐里尤素福的日记，可是她是一个文盲，一个字也看不懂，这里叙述者用她的视角看这些文字，所以读者也只能看到一些符号和图案，虽然觉得一切答案好像近在咫尺，但就是无法解开。最后当这位母亲说出“我多么希望认识这些字母”（P15）的时候，也仿佛是替读者喊出了他们的心声。

这些不同的视角或者说聚焦方式，使得小说的叙述除了有不同的层次和不同的声音之外，还有了不同的角度，读者可以远观，可以近看，可以俯瞰，可以仰视。就好像在故事发生的地方以及部分人物的心里架设了360度的摄像机，可以随时切换到所需的角度，拉近或推远到所需的距离。

第四节　可靠性与不可靠性

《鸽子项圈》是这样开始的：“这本书里唯一确定的东西是尸体的位置：一条叫人头巷的狭窄的巷子。”（P7）第三人称全知叙述者似乎从一开始就在提醒读者，下面的故事有很多不确定性。这句话就好像是为小说预留的一个出口，当读者在叙事的迷宫中难辨真假、分不清善恶对错时，一想起这句话，就可以瞬间抽离，因为这一切都是不确定的，各种情况都是可能的。这似乎是为整个故事定下了不可靠的基调。在《玫瑰的名字》中，埃科在小说开头不遗余力、故弄玄虚地说服读者相信他所讲的是真实的故事，这个故事来自一份秘密历史文献。但是在《鸽子项圈》中，拉嘉却反其道而行之，先在读者头脑中植入了怀疑的种子。

人头巷叙述的不可靠，并不完全因为它的非人格身份，还在于之前全知叙述者的铺垫。小说中，人头巷自命不凡的叙述总是伴随着全知叙述者冷眼旁观的叙述，这两种叙述交替出现，形成两套不同的价值体系。人头巷害怕改变，轻视女性，立场十分鲜明。而全知叙述者则比较客观，尽量避免对事件和人物做出评价。两者往往对同一件事有着截然不同的态度，比如对巷子里的厨师厄希收藏报纸的问题。全知叙述者写他如何从六岁就开始把每天的报纸保存起来，这个习惯保持了半个世纪，他收藏的报纸所包含的信息几乎是一部沙特近现代发展史，一辈子窝在人头巷里的厄希似乎只有通过这些报纸才能看到外面的世界，“摆脱人头巷里的不幸之网”（P87）。在整个叙述过程中，读者可以明显地感到全知叙述者对厄希这种行为的理解和认可。而人头巷对这件事的叙述集中在报纸内容中有关女性的部分，它嘲笑厄希在他强势的妻子面前不像个男人，居然还幻想着让妻子乌姆·萨阿德出现在《利雅得报》上。可事实上人头巷很害怕乌姆·萨阿德有一天真的会出现在厄希收藏的报纸上，因为那样就意味着它对整个巷子失去了控制。

从表面看起来，故事第一部分的叙述者是人头巷，它自己也认为自己掌握着话语权，但事实上全知叙述者却常常穿插在它的叙述中，除了和人头巷一起交叉叙述关于女尸案的故事，还在人头巷看不到的地方叙述关于人头巷拆迁和克尔白钥匙的故事，对于尤素福和钥匙这条故事线中针对麦加和禁寺的阴谋，人头巷一无所知，最后它连自己为什么被拆除都不知道，还在自鸣得意自己的控制力。这样叙述产生了所谓反讽的效果，使人头巷的叙述变成了不可靠叙述。

而人头巷在言语、行为上的矛盾含糊，也是造成它叙述不可靠性的重要原因。它在讲述自己的历史时，说：“很久以前，在我还没有出现之前的某个时间，他们在这个地方发现了四颗男人的头颅。”（P9）既然还没有出现，那它又是如何知道这个故事的？是道听途说还是有史可考？有多少可信度？它在说“除了我自己，还有谁敢讲这个故事”（P7）的时候似乎是底气十足，但其实内心充满自卑，因为和众多有名的历史古巷比起来，它是那么寂寂无名，它只有用四颗头颅的故事来吓唬别人，给自己加上血腥的历史传说，让自己看起来强大一些。在历数了其他巷子的一堆所谓罪状后，人头巷说：“我，人头巷，同这一切都没有关系。”（P8）但随着故事的推进，读者会发现它其实同一切都有关系，它甚至就是罪恶的源头。它的这一句辩白看起来更像是一种认罪。它乐于给读者一些带有明显个人情绪的判断，告诉读者尤素福是疯子、阿伊莎书看多了脑袋不好使、哈利利是凶手、乌姆·萨阿德是个可怕的女人，等等。读者在随后的阅读中，会得出和人头巷的结论不一致的看法，从而进一步加深人头巷的不可靠性。人头巷在小说后半部分的出现总是有点儿力不从心的样子："不是说我这沙漠生沙漠长的不习惯四五十度的高温，炽热可是我最喜欢的了，可是我无敌的感官最近开始背叛我，我开始喘气出汗，很费劲才能合眼睡着，纳赛尔的好奇心嗡嗡作响，让我心烦。"（P285）习惯了人头巷叙述风格的读者会很容易地发现这一段文字中的不可靠性，让人头巷心烦的不是什么高温，而是自己的真相被一点点揭开，自己的权威被一点点打破的事实。

尤素福叙述的不可靠性是相对的。他的世界里只有两样东西——麦加和艾宰，或者说其实只有一样，因为这二者是重合的，他把艾宰家的窗户当作是朝觐方向，他呼唤艾宰的方式就好像他呼唤麦加一样，"赋予这个名字无限的深度"（P557）。因为艾宰跟别人结婚，他的世界崩溃了，他被送往精神病院接受了电击治疗，从此以后脑袋里常有"噼里啪啦的电光"（P30），所有这些情节的设定，都是要将尤素福这个人塑造成一个有点儿疯癫和异常的形象。他总是在说一些疯言疯语，关于艾宰的，关于麦加的，随时都会让读者掉进他头脑中的某个幻象中。他一会儿是远古的巨人，一会儿又去到了阿丹、哈娃和他们孩子的墓地，一会儿在禁寺发现了天使，一会儿又和先知的脚印发生了感应，参加巫术仪式，召唤神灵，预测来生。在习惯了尤素福的跳跃性的叙述模式后，我们会发现，他其实是把自己所做的历史研究和现实混合在了一起，所以借着他的眼睛，我们看到了藏在现在的过去，或者说藏在过去的现在。

美国叙事理论界权威詹姆斯·费伦认为，"我"作为人物和作为叙述者有不同的作用，可以独立运作。也就是说，即使"我"作为人物有性格缺陷和思想偏见，也未必会造成作为叙述者的"我"的不可靠性。作为叙述对象的故事事件，如果因为叙述者的主观性而影响了客观再现这一对象，作为中介的叙述就是不可靠的。反之，即使事件看起来多么不可思议，只要是叙述者如实地对此进行了再现，我们仍然认为叙述是可靠的。

尤素福的叙述，从认知上来说是不可靠的，因为那些故事无论是从逻辑上还是情理上都是不合理、不可能的。他所讲述的，与艾宰童年的故事、他骑摩托车的故事、姆沙白花园里的聚会等应该和事实上发生的故事并不一致。但这并不是他可以隐瞒或篡改的结果，恰恰相反，是因为忠实于自己的所见、所想，毫不保留并真实地叙述出来的，并没有因为这些故事不符合常人的认知而对其进行伪饰，从而让它们看起来正常一点儿。正是基于这样的认知，使我们对尤素福这个“我”的叙述产生了认可，在不知不觉中增强了他的可靠性，甚至让我们理解了他在现实世界的种种怪异行为。他通过第一人称叙述者直接和读者沟通，坦诚地表露自己如何爱艾宰、如何被艾宰的背叛伤害，让人心生同情，认为他只是一个为爱疯狂的正常青年。他所有的叙述，都是他这颗受过创伤的大脑中直接显现的景象，他只是如实地把它们描绘出来而已。所以，当纳赛尔翻看艾宰结婚后尤素福的日记时，发现有很多笔迹不符的地方，似乎有人把别的内容塞进了他的日记，而人头巷也说“像我这样的巷子也是有笔迹的”（P320），似乎将尤素福的日记整个都推到了不可靠的边缘。即便如此，读者怀疑的也只是日记所叙述的内容以及人头巷叙述的可靠性，而对于尤素福的叙述行为本身，仍然认为是诚实可靠的。

阿伊莎的叙述，也有类似的情况。对于阿伊莎的书信，读者也许会因为书信从未得到过回复而怀疑所谓的德国情人大卫是否真实存在，猜测这个情人也许只是阿伊莎的幻想，或者是她为某个真实人物添加了自己幻想成分的产物。当阿伊莎回忆她初潮时的遭遇以及新婚第二天发生的事情时，每一幕的细节都很真实，她父亲因为愤怒而涨红的脸，丈夫艾哈迈德的沉默，藏在父亲大衣里的刀，每个人都有出场，每个人都有自己的表现，是一幅清晰的画面。而同大卫的相处时常是朦胧的、感受性的，大卫没有容貌、身材、表情，只有语言和触摸的手，只有那些触摸在她的肌肤上留下的感觉，读者从来没有看到过一个完整的德国青年的形象。所以书信中描写她和大卫相处的情节就具有某种不可靠性。而阿伊莎描述她在人头巷里的生活则被视为是可靠的，这除了因为表现手法上的写实，还因为这些故事和其他人物的叙述可以相互印证，比如阿伊莎的车祸以及去德国治疗的事，不仅巷子里的人们提起过，连《乌姆·古兰报》上都有专门的报道。而另外一方面，纳赛尔对阿伊莎感情的变化可以说模拟了一些读者可能存在的情绪，一开始对她大胆直白的叙述感到吃惊，觉得不可思议甚至愤怒，但随着对阿伊莎的了解不断加深，对她的信任和好感也不断增加，读者就在潜移默化中和纳赛尔一起将阿伊莎的叙述视为是可靠的。

所以，从叙述行为来说，《鸽子项圈》中全知叙述者、尤素福和阿伊莎都是可靠性叙述者，只有人头巷是不可靠的。但是从叙述内容来看，所有这些叙述者都具有不可靠性。从小说一开始设定的不确定性，到各位叙述者让人难辨真伪的叙述，作者似乎是在不遗余力地告诉读者，不要相信这里的每一句话。可靠或者不可靠，真实还是不真实，交由读者自行判断。在阅读的时候，读者往往会陷入到作者权威的某种限制中，总觉得代表作者发言的叙述者所说的都是在故事层面真实可信的。但是《鸽子项圈》的作者一再打破这样的权威，就是为了让读者完全放弃对故事权威的信任，不是被动地接受一个故事，而是主动地参与构建一个故事，自己判断和整理哪些才是真实可信的。里巴比迪大宅也许是虚幻的，里面的照片也是虚构的，但那些照片记录下的事件和人，以及那些照片所指涉的历史是真实存在的；姆沙白花园也许是虚构的，甚至姆沙白本人也是虚幻的，但是那些古董和历史遗物是真实的；那些挡着禁寺的高楼大厦是真实的，那些被铲平的山丘和被拆除的街巷是真实的，那些被迫远离原本熟悉生活的人是真实的。麦加正在改变，将来不知道会变成什么样。城市的消费性、现代性虽然对于女性来说更多的是一种福祉，但她们也为此付出了很多代价，生活距离她们想要的样子还很远。《鸽子项圈》告诉你，这个故事里发生的一切可能都不是你以为的那样，但是这没有关系，因为这座城市、这座城市里的人，他们面临的问题是真实的。在掩卷的那一刻，读者会为麦加的变化感到惋惜，就好像作者为爷爷老宅被拆除感到惋惜一样，也会为麦加的未来担心，担心克尔白真的会被改造成金属方尖碑的样子。所有这些可靠或者不可靠的叙述，最终的效果就是让这些惋惜和担心成为最真实可靠的。

“小说的开头就是一道门，是分隔现实世界与小说家虚构的世界的界线。”[①] 但这道门并不是被牢牢锁上的，不论理论如何把真实作者关在叙事文本这间封闭房间的外面，很多读者在阅读过程中还是会不自觉地把文本和作家本人对号入座，尤其是当读者对作者的信息有一定了解的时候。《鸽子项圈》这些众多的叙述者，都是作者塑造的，可以说代表了作者的某个部分，通过这些叙述者不同角度、不同层次的叙述，读者有时似乎能体会到作者的真情流露。对里巴比迪大宅的描写很容易让人联想到拉嘉在题记中所写的她爷爷家的老宅，描绘禁寺附近小街小巷的热闹景象，娓娓道来，那些生动的细节让人怀疑这些就是作者儿时的记忆。那些安定而美好的感觉真实地传递给了文字的阅读者们，就像是真实作者和真实读者之间通过书页进行了一场无声的对话。

① 戴维·洛奇《小说的艺术》，王峻岩等译，北京：作家出版社，1998 年，第 3 页。

第四章 《鸽子项圈》的叙事时间

英国作家伊丽莎白·鲍温说过:“时间同故事和人物具有同样重要的价值。凡是我能想到的真正懂得或者本能地懂得小说技巧的作家，很少有人不对时间因素加以戏剧性地利用的。”[①]对时间的感知和掌控直接对应着作家的叙事风格和生命体验，对时间的安排和处理是《鸽子项圈》叙事艺术的重要表现，也是作者时间观、生命观的直观反应。

在传统的现实主义小说中，“钟表时间和地域空间始终是主宰作品框架、支配故事情节的统治力量”[②]。因为这样才可以使人物所经历的命运变化看起来具有不可逆转的必然性，不可重复的过去会永远成为时间轴上的一个节点，已经发生的事和造成的后果使“现在”成为无数“过去”的累积，只能后悔，不能后退。翻开书并站在故事起点上的读者将沿着这样的宿命轨迹走进小说中的时间，用以小时为单位的读书时间去体验以天、月、年甚至世纪、轮回为单位的故事时间，这构成了叙事艺术最吸引人、也最震撼人的地方。在遵从物理时间观的小说中，其叙事时间大多和故事时间相一致，表现出对单维的线性时间序列的模仿，具体而言就是表现为“发生——发展——高潮——结局”这类因果逻辑关系的时间流程。虽然会有倒叙、插叙等打乱时间流程的情况，但总体上是线性的、历时性的。

20 世纪以来的时间观，突破了传统小说中物理时间的限制，转向无序、破碎、断裂的心理时间。很多作品中的叙事时间是经过对各种时间要素任意拨动、重调后的非自然顺序。《鸽子项圈》中对时间问题的处理，也明显受到了这种新时间观的影响，表现出无序、破碎、心理化等特征。

叙事时间一直是叙事学关注的一个重点。热奈特的叙事学经典理

① 吕同六《20 世纪世界小说理论经典》(上)，北京：华夏出版社，1995 年，第 602 页。
② 李维屏《英美现代主义文学概观》，上海：上海外语教育出版社，1998 年，第 47 页。

论著作《叙事话语》对时间问题进行了详尽而细致的分析，构成了经典叙事学中时间研究的基本框架和概念谱系。对叙事时间的研究，也是以“故事”和“话语”的区分为起点的，也就是把叙事看成两个时间的序列——“被讲述事件经历的时间和叙述这个事件的时间”①，即“故事时间”和“话语时间”。“故事时间”指的是故事从开始到结束的自然时间状态，而“叙事时间”指的是在文本中所呈现出来的时间状态，在话语时间中，“一切时间畸变成为可能”②。

第一节　时间的顺序

从整体上看《鸽子项圈》的时间，既不是从头开始的顺叙，也不是从末尾开始的倒叙，而是从中间开始的。时间的轨迹就好像以女尸案为中间点，在时间轴上朝着相反的两个方向所进行的不规则、非等距的往返运动。这使得小说呈现出情节发展上的某种停滞，虽然有侦探小说式的开端，却没有步步紧逼的推理探案，而是大量细节、片断的层层涌现——从尤素福童年时禁寺后山上热闹的市场到距凶杀案两年前波恩街头独自走夜路的阿拉伯少女，从远古时期天使和巨人并存的禁寺再到尸体出现前一天夜晚巷子里出现的黑色轿车……这些跳跃性很强的时间片段完全不受线性时间的制约，而是任意切换转变，在刹那间汇集身体感受、回忆、历史、幻想、梦境等，使小说的叙事时间呈现出平面上的并置形态。

我们可以通过一些具体的例子，考察《鸽子项圈》在时间维度方面的叙事技巧。

一、倒错

“倒错”指的是话语中的事件和故事中的事件在顺序上的错位。我

① 热拉尔·热奈特《叙事话语/新叙事话语》，王文融译，北京：中国社会科学出版社，1990年，第13页。
② 同上。

们以阿伊莎的故事线为例来分析这一时间顺序的非线性形态。有关阿伊莎的主要事件在故事中的顺序可以表示如下：

① 少女时代的阿伊莎因为初潮时大出血而做了手术，处女膜被破坏。

② 在教师培训学校时，阿伊莎得到了一本禁书——劳伦斯《恋爱中的女人》，她将它藏在楼梯最底层，在没有人的时候偷偷阅读。

③ 成年后的阿伊莎嫁给了巷子里一个热衷结交权贵的青年艾哈迈德，在婚礼当天穿着奢华的婚纱成为众人的焦点。

④ 因为被怀疑不是处子之身，新婚之夜丈夫离她而去，虽然父亲拿来了医院的证明，但两个月后，和丈夫没有过任何交流的阿伊莎离婚了。

⑤ 一家人出游遭遇车祸，她是唯一的幸存者，但双腿落下残疾。她的不幸遭遇上了报纸，并因此得到一位亲王的资助，阿伊莎赴德国进行康复治疗。

⑥ 在德国期间和自己的治疗师相爱。

⑦ 回到人头巷，开始了一个人的孤僻生活，在电脑里记录自己的一生。

⑧ 丈夫再次出现在她的生活中，想要复婚，但她拒绝了。

⑨ 尸体出现，阿伊莎消失了。

而在话语时间中，也就是读者在小说文本中依次看到的事件顺序是⑨⑥⑤②⑦③①④⑧⑨。这样的安排使阿伊莎这个女人自始至终都带有某种虚幻的成分，因为一开始她就消失了，是不存在的，她所有的信息，都是通过电子邮件里自言自语一般的讲述和巷子里其他人对她只言片语的描述拼凑起来的。她从来没有以一个具体真实的形象出现过，也就是说，只有在故事时间里，她才是一个真实的存在，而在话语时间里，她只是一个名字、一个符号、一个虚幻的存在。

另外一方面，这样的时间安排也更有利于故事中的纳赛尔一步一步理解阿伊莎的感情世界，接受她、爱上她。对于纳赛尔来说，阿伊莎是以可能的受害者这一身份开始进入他的视线的，在刚刚开始阅读阿伊莎写给大卫的信件时，纳赛尔觉得阿伊莎是个不知检点的女性，对她的言行感到愤怒和轻视，但渐渐地，纳赛尔了解了阿伊莎丰富的内心和她不幸的遭遇，一个没有了亲人呵护的年轻女子想要得到关爱抚慰的渴望是合乎情理的，而她对于爱的描述是那么温暖和美好，让孤身一人在麦加工作的纳赛尔慢慢产生了依恋的情绪。而《恋爱中的女人》这本书的出现则让人产生了合理的怀疑，因为在书信中有不小的篇幅都是在翻译评论这本书，读者会发现阿伊莎描写的自己的感情和体验，与《恋爱中的女人》这本小说里主人公的经历有相似之处，大卫会不会只是阿伊莎依据小说幻想出来的爱人？这样的假设缓冲了阿伊莎异国恋情的叛逆性和冲击力，也进一步突出了阿伊莎的空虚和压抑，同时解释了为什么纳赛尔会一再地将自己代入大卫的角色，和阿伊莎发生想象中的互动，因为替代一个幻影要比替代一个有血有肉的真人容易得多。对巷子里有史以来最奢华婚纱的细致描写让婚礼的主角不再是新郎新娘，而是这件闪闪发光又遮得严严实实的婚纱，这种荒诞的情节结合前面的铺垫似乎在预示着婚姻的危机，读者在父亲的回忆里找到了这一切不幸的根源，对于处女情结和贞洁荣誉的偏执，让阿伊莎的生命之花还没有绽放就枯萎了。而在发生了这么多事情之后，艾哈迈德在离婚两年后再次出现并主动求和的姿态则流露着将选择权交给女性的意图，面对从来没有过交流的前夫，阿伊莎选择了拒绝。最后在故事的结尾，那个在麦加上空盘旋后逐渐远去的女人究竟是艾宰还是阿伊莎已经不再重要，因为她会带着阿伊莎重生的渴望飞往另一个国度。只有在这个时间点上，故事时间和话语时间才实现了重合，仿佛是将阿伊莎碎片式的残缺人生归零，让一切重新开始。

阿伊莎这条故事线中的话语时间，消解了线性时间带来的不可逆转的宿命感，从结果开始说起，使读者对阿伊莎的命运有了合理的预判，这是为小说主旨服务的，因为小说想要强调的并不是阿伊莎看起来很悲惨的经历，进而控诉女性的遭遇，而是经历这些的阿伊莎内心的体验和变化。对故事情节的淡化，是为了将读者的注意力引向内心世界，关心她会怎么想胜过关心她会怎么样。

二、闪回

倒叙或者说“闪回”是指“话语打断故事流动，唤回早先的事情”[①]，类似于电影中的蒙太奇镜头。倒叙还可以分为“外倒叙”和“内倒叙”。“外倒叙”的时间起点和全部时间幅度都在主要故事时间起点之外，所以不会干扰故事的主要进程，作用是向读者说明之前发生的事，对第一叙事层的内容进行补充说明，交代第一叙事层中一些“后果”的“前因”。无论是向着过去的“倒叙”或者说“闪回”，还是向着未来的预叙或者说“闪进”，都属于第二叙事层。

《鸽子项圈》的故事从一具尸体开始，但是一直到第四章才真正开始写尸体出现的那个凌晨，前面有大量人头巷进行的“闪回”，主要是回顾自己的历史，讲述很久以前，在还没有人头巷这个地方的时候，四个年轻人如何因偷盗克尔白被换下的旧帷幕而被砍头并埋在此地，一个女子每天都会来祭拜他们，久而久之，这里就从副朝觐路线上一个不知名的地方，变成了今天拥有这个特别名字的小巷。这一段闪回可以说是整个故事的“前传”。现代巷子里的故事也是一女四男，被害人是一个无名女子，嫌疑犯则是四个青年。现代巷子里的四个青年都为一个女子而痛苦，这对应着闪回中那个为青年伤心哭泣的女性，古代偷盗克尔白帷幕的行为，也对应着现代针对麦加的幕后阴谋。这可以说是整个小说中起到题眼作用的一次闪回。

小说中还有倒叙中套嵌倒叙的现象。如尤素福在面纱被抢之后回到了人头巷，漫无目的地走着，不知不觉来到了姆沙白花园，却发现那里已经荒废了，“巨大的忧伤让他几乎迈不开脚步”（P242），然后他想起了最后一次来到这里的情形，这是第一层闪回。在这个回忆中，尤素福记起了他唯一一次走进姆沙白花园里的浴室，仿佛回到了土耳其时期，整个浴室是复原的一个古代建筑，姆沙白像君王一样在里面沐浴，浴室的水池连接着渗渗泉水，然后通过姆沙白的描述展开第二段闪回，重

① 西莫·查特曼《故事与话语：小说和电影的叙事结构》，徐强译，北京：中国人民大学出版社，2013年，第49页。

现 1979 年到 1980 年对渗渗泉进行的深挖和扩建，写姆沙白如何潜入渗渗泉中，随即对泉水的深度、源头等进行了写实的描述。但是时间就停留在了姆沙白对泉水的回忆中，没有再回到第一次闪回，也就是尤素福来到花园的这个时间点，甚至也没有回到浴室中这个时间点，而是像潜入了渗渗泉的源头一样，在那里遗失了、消散了，弥漫着姆沙白所说的“第一次死亡、第一个地狱、第一个天堂、第一声祈祷的味道”（P245），留下了无穷的悬念和回味。

阿伊莎在信中向大卫描述自己的婚纱，先是“闪回”到了她新婚时候的场景：新婚之夜，新郎气冲冲地出去了，天快亮时他回来了，随后，她的父亲也来了，带着一张证明，满脸通红地举到女婿面前。阿伊莎说，这是父亲第二次犯心绞痛，而第一次就是在她初潮的时候，随即引出第二层闪回。当时阿伊莎痛经，经血下不来，堵在两腿间，大夫诊断后由一个护士来实施手术。手术后，阿伊莎有了一张证书，第二层闪回结束。当儿时的画面退去后，父亲举着证书的脸再次回到画面中间，当时的她并不知道证书是母亲塞进父亲大衣的，而父亲拿的则是一把刀，至此第一层闪回结束。回到面对电脑屏幕给大卫写信的当下，阿伊莎写道:“艾哈迈德当时没有意识到，只要一个眼神，一句嘲讽，或者是怀疑的一瞥，都足以使我们中的一个越过这条（生死）线。”（P174）阿伊莎带着我们通过两次闪回，看清了她婚姻悲剧的根源，在这两次闪回中，她时而是儿时的自己，时而是结婚那天的自己，时而又是坐在电脑前打字的自己，多重自我重叠在一起，滚烫的经血所带来的灼烧感，从她十二岁初潮开始，一直延续到结婚那天，又延续到现在，而“手术刀的冲击和两腿间的脆裂感让血冲到鼻尖，直到现在，她仍然可以闻到嗓子里的血腥味”（P175）。这样套嵌式的倒叙手法丰富了叙事时间的层次，也使得时间的迷宫性愈发明显。

《鸽子项圈》中穿插着大量的“闪回”，几乎每个人物都会在某个时刻追忆过去，比如关于尤素福父亲的身世、尤素福的疯病、哈利利被吊销飞行执照等很多事件，都是通过人物回忆或者直接叙事闪回予以交代的。“倒叙在此可以说是一个点，讲述以往悠悠岁月中一个孤立的时刻”[①]，其功能是给读者带来一个孤立的、对理解情节的某个确定因素不可或缺的信息。这一叙事技巧频繁运用，使时间线一再被切断、停顿，造成一种无法从过去走出的粘连感，也契合了整部小说留住麦加过去的主题。

三、预叙

所谓预叙是指对未来事件的暗示或预期，是“事先讲述或提及以后事件的一切叙述活动”[②]。它通过预先告知结果引发好奇，现代读者不像传统读者那样耐心和被动，任由作者摆布，等着谜底自己一步步地浮现，而是喜欢参与到故事中，成为小说构建的主动因素。所以让他们比人物更先知道事件的走向或结果是激发他们参与性和阅读热情的有效途径，因此预叙成为现代小说的常用技巧。《鸽子项圈》中有不少草蛇灰线的预叙或者说伏笔。比如尤素福在半梦半醒中，看到了“突然倒地的身躯和最终从那具躯体中逃离的另一个人”，他意识到“有一个女人从巷子里逃了出去”（P264），这是对故事最后一个女人来到机场并登上了飞离麦加的航班的提前告知，为小说第二部分努尔在马德里的出现做好了铺垫；尤素福日记中一开始就说：“我们经常要回到钥匙那，它是我噩梦的全部，我要寻找一把没有钥匙的锁，锁住我和你的一切。”（P22）尤素福的故事线，从某种意义上说，都是围绕寻找钥匙这个主题展开的；姆沙白在听说尤素福去面试的公司后心生疑惑，他们一起搜索了那家公司的情况，发现它的经营范围几乎无所不包，这家公司，就是一切罪恶的幕后黑手——索比汗拥有的大型资本集团，他们招聘尤素福从事评估麦加待开发土地的历史价值的工作，实际上就是为了找到克尔白钥匙。读者如果留意到这些预叙，可以在接下来的阅读中对相关要素保持敏感，有利于在纷繁复杂的事件和人物迷宫中把握故事的脉络和走向。

① 热拉尔·热奈特《叙事话语 / 新叙事话语》，王文融译，北京：中国社会科学出版社，1990年，第 34 页。
② 同上，第 17 页。

四、概述

概述指话语时间短于故事时间。也就是用较短的文本长度（行、页）来表示较长的故事进程（年、月、日等）。

尤素福被艾宰和姆沙白结婚的消息所刺激，神志恍惚，在清真寺痛斥一群长者扼杀巷子里年轻人的生命，还恬不知耻地天天祈祷上天堂，最后被众人送去了塔伊夫的精神病院，小说用三页篇幅写了尤素福发疯那天清晨的几个小时，却用半页的篇幅来概述他在精神病院所经历的悲惨而恐怖的七天：“……在一周里，实施了各种电疗方案，都无法使他入睡，他的记忆呈碎片状地飞速四散，在身体各处留下鸽子爪印般的伤痕。他们把他关在金属立方体一样的屋子里观察这些伤痕的显现，一次又一次的电击没能在这个愤怒的容器上造成一丝裂隙，这愤怒犹如毒药一样直接灌注到他的血液中，以至于他的皮肤变成了深紫色。”（P34）对于人头巷而言，“光是提到那个医院的名字，对于身处圣地麦加的它都是一种侮辱”（P33），所以它不可能也不愿意对那个地方有多么详细的了解，当然也无法展开篇幅对那里的一切进行具体描绘。对于尤素福本人来说，一直没合过眼的他对于时间的概念已经模糊，每一天都是无休止的电击治疗，没有任何区别。对于前去解救尤素福的亲朋来说，那些非人的日子也是他们不愿过多了解并且不希望让尤素福想起的。作者似乎是和人物以及读者达成了某种默契，只是把必要的内容向读者进行了简单交代，将描述的重点集中在尤素福精神和肉体遭受的折磨上，没有大肆渲染精神病院的情况，也没有对医护人员或其他病患展开介绍。因为尤素福才是读者关心的重点，他的人生虽然因为艾宰的背叛而遭到重创，却并不会终结在这个疯人院中，还有更重要的使命在等待着他，疯人院里的七天只是他人生中的一个小插曲。正因为只是小插曲，所以不需要用很长的篇幅来进行描述。总之，这样的概述恰如其分地表现了尤素福的这一次不大不小的“劫难”，给了他情感爆发、情绪崩溃后一个合理的转折点。

有的概述涵盖的时间跨度不只是几天或者几年，而是几个世纪。在

《半月形纹青》这一章，哈莉迈和纳赛尔以及穆扎希姆之间展开了一场关于克尔白钥匙传说的对话，六页的篇幅，时间跨度从古代也门的萨巴王朝到安达卢西亚时期，再到15世纪西班牙进犯吉达港，最后落在尤素福出生的20世纪末。这一段的节奏是跳跃而流畅的，那些久远的年代被一把可以打开所有门的神奇钥匙和一个世代肩负着寻找钥匙使命的家族串联起来。哈莉迈是文盲，她所讲述的故事是她从丈夫以及父亲等长辈们那里听来并记在心里的，这些被穆扎希姆嘲笑为“麻雀的痴梦”“嚼卡特的也门人的幻觉”的故事对于她来说，却是生死未卜的丈夫和她之间仅有的联系，所以她的记忆无比清晰，流畅的节奏也反映出她对这个故事深信不疑，无论是穆扎希姆的讽刺还是纳赛尔的质疑，都不能动摇她对丈夫出身以及使命的肯定。上千年的时间就被压缩在麦加一个融化一切的夏日午后，外面因为高温而产生的蜃景和屋里缓缓流淌的故事，哪个更虚幻，哪个更真实，也许人头巷知道，但是它“克制住了想要说出真相的想法”（P292），让秘密再多保留一会儿吧。在小说的第二部分，在现代的安达卢西亚一座古老的教堂里，一个会讲一口流利阿拉伯语的神秘女子用更详细的讲述、更长的篇幅印证了哈莉迈的笃信。

五、省略

省略指话语时间几乎为零而故事时间无穷大的状态。它和概述的区别在于，概述还有叙述的部分，但省略则几乎没有，比如“一转眼，十几年过去了”“两个月后，他们又相遇了”，这“十几年”“两个月”的时间是一个叙述的空白点。“几乎为零”的省略在《鸽子项圈》中是找不到的，因为它在时序上的破碎和颠倒，使得省略的话语时间不是“几乎为零”，而是“绝对为零”，无法将话语时间和故事时间进行比较。我们可以将这种省略称为“绝对省略”。

我们按照物理时间将某个人物的事件进行排序得到的只是按时间次序排列的碎片，而不是某个人物完整的人生轨迹，比如说尤素福这个人物在物理时间上的第一次出场是他在母亲腹中第一次胎动，当时他父亲在睡梦中被人绑走，从此音讯全无。而下一个可以接续的画面就是9岁的尤素福第一次遇到生命中的劫数——艾宰，中间的这些岁月没有任何的交代，这期间没有类似于“他母亲含辛茹苦一个人将他养大成人”一类的概括性表达。下一个时间段再出现时，尤素福已经是20多岁的青年，从乌姆·古兰大学历史系毕业，找工作，撰写专栏。他对艾宰的感情也没有用类似于“十几年里，尤素福一直爱着艾宰”这样的表达来进行概括。

像这样的绝对省略其实是一种经验省略，它省略的不是事件和情感，而是读者可以凭借经验自行填充的部分。一个年轻的女子，一个字不认识，丈夫生死未卜，又受到邻居们的怀疑和嘲笑，她要把腹中的胎儿生下来抚养长大，还培养成了大学生，这其中的艰辛不是“含辛茹苦”四个字所能表达的，而是一言难尽的。对于这样的一段时间，不做叙述反而比进行叙述表达得更多。而尤素福对艾宰的爱，小说已经通过他在日记中的心理描写、回忆、幻想和他为爱发疯的一系列行为进行了非常细致而深刻的描绘，没有人会质疑这份爱的一贯性和持久性，在这种情况下，普通省略的表达反而显得单薄而生硬，和小说整体的语言风格格格不入。

六、场景

场景指话语时间基本等于故事时间。这也是《鸽子项圈》常用的一种时间表现手法，将一个事件的细节完整地按照时间的进展铺陈开去。比如描写尤素福被抢走面纱的情景:“一阵细微的沙沙声让那个职员伸长脖子偷瞄了一眼，那个银质面纱让他吃惊。尤素福急忙把它塞进纸袋中离开了。那个职员还一直盯着尤素福消瘦的背影向米斯耶勒街匆匆走去。在那儿，两个用红格子头巾蒙着面的人骑着一辆摩托车突然朝他猛扑过去，后座上的人抢走了‘猎物’手里的饰品，把尤素福推向一辆大巴。摩托车加大油门急驰而去，消失在视线里。眼看尤素福就在大巴两个前轮之间，尖锐的刹车声响起，车停了，尤素福站了起来。这一切都发生在瞬间，当这个职员回过神来，大街上的行人好像什么也没注意到，而尤素福也已经没了踪影。”（P91）这一段场景细致地描写了事件发生的每个步骤，让读者仿佛身临其境，亲眼目睹了尤素福在这一事件中所经历的一切。场景的运用使文字图像化，就好像现场直播，将故事时间等量地转化为话语时间，产生最真实的阅读体验。

在有的场景中，话语时间比故事时间还要长，时间在细节里绵延，它会将人的心理时间延长，产生一种时间缓慢下来的效果。比如艾哈迈德最后一次见阿伊莎时的情景：

> 他第一次闻到了她的味道……一秒钟像一滴水一样流下来，将他融化在那一滴水中，流淌过阿伊莎的整个身体，侵入那绸缎中，在一瞬间，他的身体同绸缎还有阿伊莎的汗毛交织在一起。在她身体里裂开的一声喘息从他的双唇间发出，这样的一个瞬间把房间变成了一块面团，在梦里的某个地方，他追上了她或者说她追上了他。在这瞬间，他的身体在抽泣，回归到最初，渐渐变大的啜泣声打破了面团，阿伊莎裂开了。这个瞬间，他在她之外，也在他自己之外。（P335）

艾哈迈德在新婚第二天就离开了阿伊莎，他们之间从未有过正面的沟通和交流，这一次，是他第一次也是最后一次这么近距离、这么仔细地观察这个曾经是他妻子的女人，所以他会注意到每一个细节，一切都被放大、放慢，恍如梦境，那一瞬间好像幻化成了无数个瞬间，将他们之间相隔的那空白的两年多时间都填满，在这个漫长的一秒钟的时间里，他感到了她散发出的诱惑，找到了自己的本心。这样的场景就好像是慢镜头，使时间几乎失去了意义，读者看到的不再是时间的推进，而是场景的接续，阅读过程是在一帧一帧画面之间的转移，而不是在时间轴上的线性运动，用这种方式，作者完成了对时间的重新塑造。

七、停顿

停顿是指话语时间无穷大，故事时间几乎为零。停顿和上面提到的慢镜头般的场景不同，后者可以理解为一种细节描写，而“描写绝非叙事的停顿”[①]，因为描写是叙事的一部分，当人物进入屋子，叙事开始对

① 热拉尔·热奈特《叙事话语 / 新叙事话语》，王文融译，北京：中国社会科学出版社，1990年，第81页。

屋里的布置展开描写，这个时候故事并没有暂停，因为这部分的描写包含在“进入屋子”这个行动中，只有行动或事件之间被无穷大的话语时间中断的情形才可以被称为停顿。或者说，停顿是故事层面上情节进展的暂停，但在话语层面上，时间在别的空间中继续展开。

《鸽子项圈》中有多条故事线，往往会在故事线切换的时候造成某一条故事线的停顿。这些在停顿中展开的情节是不能被替代或者抹去的，因为它们虽然不是停顿的故事线中的构成部分，却是另外一条故事线中不可缺少的成分，是小说整体的一部分。

由于不同故事线的存在，使得停顿在《鸽子项圈》中也很频繁，尤其是在按线性顺序行进的纳赛尔那条故事线中。纳赛尔的调查经常被尤素福的日记或阿伊莎的书信打断，在几章、几页甚至几十页的篇幅之后，才又回到这条故事线，接续他上一次的行动。所以在故事时间上，纳赛尔在几个小时内完成的两个连续的行动，因为其他故事线的穿插而出现了停顿，这些穿插其中的故事线自身也会有时间的展开，经常会闪回到很久以前，或者弥散在细节描写中，当读者翻阅了好多页之后再次回到纳赛尔的时间轴时，会觉得那几个小时的时间中出现了一段真空。如果是一位一心想要解开女尸谜案的读者，一定会觉得故事的进展实在过于缓慢，每当纳赛尔开始阅读日记和书信的有关内容时，故事线就发生了停顿，而当叙事再次返回到探案这条线上来的时候，读者几乎要忘了上一次是在哪里暂停的。这样的阅读过程，非常具有挑战性，需要在头脑中为不同的故事线划分出不同的区域，将停顿两边的事件衔接起来。

这些针对时间的叙事技巧，使小说呈现出一种缓慢、粘滞的时间感。不同于那些节奏明快、情节短小的小说类型，小说中的每一个场景、每一次停顿，都像是一种能量的累积，然后在某个瞬间会突然爆发，将情节迅速向前推进。如此周而复始，让小说始终在一张一弛间保持着自己特有的节奏，像一部交响乐，每一章都是一个独立的乐章，一方面增强了小说的迷宫特质，让阅读变成一场智力游戏，另一方面也将人物骚动不安、飘忽悠微的思维动态地展示了出来。这种以无序流动的时间替代线性时间的叙事技巧，在削弱传统小说时间连续性的同时，也打破了传统的审美习惯，尽管它并不能真实地反映现实时间里的故事，却更接近个体精神上的真实：人的心灵是一个多层性的存在，“自我”可以分裂为一个行动的自我和一个反应、判断、构造的自我，现在的“我”可以不同于以前的“我”，以前的经验用现在重新审视可以生发出原来发生时所不具有的意义。读者在费力的阅读中，需要自己动脑思索、判断，透过文本的表层把握生活的深层，小说也由此实现了从经验反应向内心领悟的深化。

第二节　时间的厚度

柏格森区分了生活的时间与想象的时间，即现象世界的自然时间与人类意识通过记忆与想象所呈现的断续时间之间的对应。前者是以序列或节律出现的自然客观时间，后者则是人类的一种心理建构。《鸽子项圈》中被各种叙事技巧打乱的时间，是人物心理时间的一种表征，使时间的长度和厚度都发生了奇妙的变化。

“小说家对时距的调度最终影响到文本的价值世界的结构。”[①] 那些用很长的篇幅来描绘的一瞬间显然蕴含着更多的情感体验和心理变化，而那些用一句带过的漫长岁月也许是千篇一律的幸福，也许是不值再提的痛苦。阿伊莎回想她在德国医院里的日子时，说：“第一天就像永恒，接下来的三个月是按照钟表时间走的，再后来的六个月就是一瞬间，（一瞬间就是一生，）因为你。”（P246）正像伍尔夫所说的：“时光（指钟表时光）尽管精确无比地创造了动植物的兴衰，对人的心智却没有同样简单的功效。此外，人的心智对时光的作用也同样奇特。一旦嵌入人的精神的奇异成分，一小时就可能拉长，甚至可能超出其时钟长度的五十或一百倍。另一方面，在人的心智的计时中，一小时又可能由一秒钟来精确表示。对钟表所表示的时光与心智的时光之间这一奇特的差距，人们

① 徐岱《小说叙事学》，北京：中国社会科学出版社，1992 年，第 255 页。

知之甚少，因此很值得进一步充分探讨。”①

阿伊莎有一段关于时间的心理独白：“日历是一项有误导性的发明，阻止了我们用心的度量（存在的度量）来计算时间。把时间分成年、月、日、时，是延长了空白还是缩短了永恒？”（P246）在阿伊莎看来，心的度量、存在的度量，是衡量时间的唯一尺度，那些年、月、日的划分，其实是毫无意义的。如果是囚牢般的生活，再长的时间也只是被延长的空虚，而自由和活着的满足哪怕只有一秒，也是永恒。所以，从时间维度上说，整部《鸽子项圈》都是对物理时间的一种反抗，是努力想要用“心”——这个世界上最玄妙复杂的迷宫来度量时间的一种尝试。小说在时间形态上所表现出的各种特征，都是这一时间观点和生命体验的具体表现。用心来度量的时间不再是精准而刻板的一分一秒，而是变得生动而灵活，成为生命体验的刻度。用心理时间对自然时间进行拉伸或挤压，有时让人迷失在一个凝望、一次驻足中，忘记了时间的存在，有时又在几分钟的阅读时间里带人跨越好几个世纪。这些交叉变化的时距造成了不均匀的叙述速度，使小说产生了音乐旋律一般的美妙节奏。

以线性时间为特征的小说往往会产生厚重的感觉，这是因为时间的积累和叠加。日复一日、年复一年，虽然这些时间并不会完全地展现在小说中，但读者可以感觉到在时间逐步推进的过程中沉淀下来的东西，编年时间、岁月更迭、物是人非等所有营造时间厚度的特征，让文本产生层层叠加的立体感和厚重感，也赋予了时间压倒一切的力量。

但是《鸽子项圈》的时间让人无法感知正常的自然时间的节律，时间的积累和厚度也就无从谈起。所以对于心理时间的体验，也从厚重转为了扁平。小说中尽管有标识时间的“秒”“小时”“天”“星期”“月”“年”这些符号，但那几乎只是数字符号，因为整个故事发生的时间是模糊的。小说中明确的时间点几乎都出现在优素福的日记中，为了增加日记的真实感，刻意采用了大量客观的编年时间标志，记录艾宰的部分从 1987 年开始一直到案发前，记录历史的部分时间跨度大概是伊历的

① 弗吉尼亚·伍尔夫《奥兰多》，林燕译，北京：人民文学出版社，2003 年，第 53 页。

355 年—1120 年。读者在小说中实际看到的日记只是其中的一部分，一共 22 篇，分散在小说的各个章节，彼此之间没有逻辑关系，只是根据纳赛尔查案的进度或者随机地抽调出来，按照它们在文本中出现的顺序可以得到如下的时间序列：

1. 2000 年 4 月 6 日
2. 2001 年 8 月 30 日
3. 2004 年 9 月 20 日
4. 2004 年 10 月 12 日
5. 2000 年 2 月 6 日
6. 1995 年 3 月 3 日
7. 2005 年 8 月 16 日
8. 2004 年 3 月 2 日
9. 2004 年 3 月 11 日
10. 1995 年 6 月 6 日
11. 2000 年 6 月 20 日
12. 2005 年 10 月 6 日
12. 2003 年 1 月 22 日
14. 2005 年 11 月 2 日
15. 2006 年 4 月 6 日
16. 2005 年 12 月 12 日
17. 2006 年 6 月 5 日
18. 2006 年 6 月 8 日
19. 2006 年 6 月 9 日
20. 2006 年 6 月 12 日
21. 2006 年 6 月 15 日
22. 2006 年 6 月 30 日

如果不考虑日记内容，仅仅从话语层面的时间上看，我们会发现这个序列也可以分为两个部分，以 2006 年 6 月 5 日为节点，之前的日记时间是无序、随意、分散的，而之后的时间则是连续而集中的。在故事层面，这个节点是艾宰结婚的日子，是尤素福精神崩溃的时间点，而在话语层面，它是纳赛尔将日记和书信合并起来阅读的时间点。节点之前的编年时间，虽然跨越了十年之久，但是因为它无序、随意、分散的排列方式和它们之间内容的不相关性，并没有形成岁月累积的时间厚度，就仿佛在一个零重力的空间，时间如同悬浮的碎片，摆脱了传统时间的线性流动，前后左右其实已经没有意义了。而节点之后的编年时间，虽然具有连续性，但时间跨度小，过于集中，无法产生厚重的时间感。这些日期也只是单纯的数字，任意替换也不会对故事情节产生影响。对尤素福而言，爱上艾宰是发生在2000年还是1950年并不重要，重要的是爱上她这件事，他生命的编年，是以同艾宰有关的事件为标识的。所以这些仅有的编年时间，非但没有增加时间的厚重感，反而增加了时间的虚无感。

虽然《鸽子项圈》中提供了大量精确的时间点与延续时间，仿佛与传统小说中的时间处理手法相同，但是它们本质上都停留在同一时间层次，呈现分散或重复格局。平面时间形态的出现体现出作家对瞬间性、即时性的偏好，有意切断时间之间的逻辑联系，切断时间的线性，时间向横向发展，使得小说的叙述平行地散布在一个平面上，而不是像传统小说中那样形成线性的纵向秩序和直线形态。在《对小说技巧的探讨》一文中，罗伯格里耶认为，现代小说的叙述从“时间线”汇合过渡到了“时间的平面”，“每个事件可以作为起点出现，也可以作为好几个叙述行程的，好似一个火源，其火力比周围的火苗多少要强一些。叙述不再是一条线，而是一个面，在这个面上我们分别确定一定数量的线、点或引人注目的组合”①。

《鸽子项圈》中没有编年，没有日期的其他时间，是以尸体出现的“那个晚上”为参照点展开的。以尸体出现前多少天、出现后多少时间或者就在尸体出现的那一天等表达方式来进行标识，这样一来，时间因素仿佛隐退到了文本之外，时间在小说中的存在感大大减弱，一些非时

① 柳鸣九《新小说派研究》，北京：中国社会科学出版社，1986年，第140页。

间性的因素开始凸显出来，使得文本呈现出在传统的时间概念下不曾出现过的种种效果，小说叙述被物化、视觉化和空间化。无论形式如何，这些效果实际上都是对时间秩序的一种替代，是另一种形式的叙述轴线。从细节上来看，它们是心理时间的直接对象，也是小说中连接时间螺旋的重要元素。

心理时间的平面化并非是指缺失了过去、现在、将来等划分时间的向度，而是指这些不同向度的时间并置在同一个空间内。时间的流向不再是固定地从过去流向现在，再由现在流向将来，而是分成不同的片段，平铺在读者的眼前。就好像打开了一幅地图，只是这幅特殊的地图上标识的不再是地点的名字，而是时间的名字。“书好似一幅‘活动的画’，通过一个接一个的片断暴露出来。读者的任务就在于把书的这一自然倾向颠倒过来，使之整个呈现于思想的目光下。把书变成一张同时并存的相互关系网……”① 这些时间的画面铺开、展现、流动，带着各自的节奏、速度、节拍，在空间中衔接和重叠，使小说具有了电影蒙太奇一般的视觉效果。平面性是时间厚度被挤压的结果，如果平面时间再被进一步挤压，当厚度完全消失，就出现了无时间性的特征。

所谓的无时间性，就是指仿佛时间不存在的一种状态。在这种状态下，读者会感到时间厚度被削弱到极端程度。无论是采用过去时态还是现在时态，事件之间基本上感受不到时间的对比，只是在一些不断纠缠、重新组合的场景、片段中徘徊。无法确定它们之间的先后顺序，所有的情节和场景都在一种没有时间感的情况下自我运行，即使存在明显的时间标志和时态差异，读者依然能够感受到这种特殊的时间存在状态，即时间的缺失。

《鸽子项圈》的时间从整体上看虽然具有平面化的特点，但它的大部分故事仍然遵循着可以重建的时间秩序，无论是哪一条故事线，都可以还原出一个故事时间，还没有达到无时间性的程度。但是在局部的时间处理中，这样的无时间性或者说时间的缺失也是存在的。比如在故事

① 让·鲁塞《为了形式的解读》，王文融译，北京：社会科学文献出版社，1999年，第30页。

最后，描写一位离开麦加的女性，整章都是以颜色或某种属性开头的短句，归纳如下：

红色：外面是黑色的汽车内部，接上她，从一个她还没有打开的时间点出发，把她扔在身后，就好像一个藏在架子上的盒子。

玻璃大理石：中转塔，透过窗户可以看见禁寺广场，是她离开麦加前的最后一个场景。

金色：所有在临时别墅的东西，她在吉达住的地方，中转点。

银色：肾上腺的颜色，大量分泌，每当按摩浴缸的水柱力度增大时，眼睛就一片银光，无论她如何清洗，这个皮肤也不会脱落。

眼影：VIP 女空服的幻想，被安排照顾她，帮她系好安全带，确定脖子后面枕头的位置，她躲在新的身份下，翻查昨天的沉寂。

透明的白色：在白色毯子里紧紧裹着身躯的两个手臂的想象，不理会任何目光和周围眼睛的活动，当自己不存在，当所有都不存在。

冰冷的汞：那面把她的脸变得不认识的镜子，在红海边上的别墅里，蛊惑人的金属逃避着他的眼睛，那双认识她、知道真相的眼睛。

……

结尾的麝香：黑色，在前额滚动，……滚动到耳朵后，不想听到金属在她体内落下的声音，低下头，把十指压在唇上，默默地隐秘地意识到一件事，意识到离开了。

这一段叙事中给读者带来强烈的无时间感，随着时间感的消失，时间秩序也随之消失，仿佛从其中的任何一个事件开始，以任何一个事件结束都可以，不强调情节之间的先后秩序和因果关系，使得文本具有极大的偶然性，时间呈现出一种螺旋化的形态，这在事实上构成了对故事连续性、逻辑性的否定和拒绝。

虽然没有做过实地的问卷调查，但是在阿拉伯小说国际奖的官网和一些读书网站的读者回复中，除了专业的批评和纯粹的溢美之外，还有相当一部分的评论是从“看不太懂”到“完全不懂”这一类读后感式的体验表达。无时间性，或者说没有传统的故事时间轴，是造成《鸽子项圈》阅读难度的重要原因。虽然文学追随着哲学一骑绝尘地在技巧实验的高速公路上飞驰，但从读者接受的角度来说，大部分人其实还是更愿意行进在阡陌交通的田间小路上，欣赏夕阳西下这般的人间美景，这种可以作为文学理论技巧例文的作品，终究无法成为大多数人可口的枕边书。这也许可以解释为什么连一些号称喜欢拉嘉以往作品的读者都对这部小说评价不高，说它揭露圣地阴暗面是其次，更主要的原因，恐怕还是在于《鸽子项圈》对时间厚度的消减使得读者对小说情节的把握变得困难重重。

需要指出的是，并非所有《鸽子项圈》的编年时间都没有意义，当类似于“半个世纪前”“20年前”这样的表述出现时，我们根据尤素福日记中记录的时间，可以大致推算出半个世纪前应该是上个世纪50年代，也就是石油刚刚在沙特被发现，还没有对整个社会产生巨大影响和改变的时候，这对于我们理解故事背景是十分有帮助的。再比如通过里巴比迪大宅里的照片引出了1979年斋月朱哈曼占领禁寺事件，这些难得的对应真实历史的编年时间，在一系列虚无的同类时间中显得尤为突出，这些真实的历史事件，就在虚虚实实的时间里埋伏着，但当你认出它的真实性时，就会像是在迷宫中突然找到了通道一样，那些烟雾一样的时间游戏都散去了，时间的厚度及其意义在一瞬间又全部恢复了。

第三节　时间的意义

保罗·利科在《叙事与时间》一书中指出：“时间只有通过在一定的叙事模式中表达出来才能够具有人的属性，而只有当叙事成为时间存在的一个条件时叙事才能获得其完美意义。”[①] 显然时间存在的意义在于它的“人的属性”，时间本质上是人对过去、现在和未来的体验，而叙事的意义则在于展示这种体验的内在特点。虽然《鸽子项圈》中的时间呈现出无序、破碎甚至无时性的特征，但所有的事件仍然可以归类为过去、现在和将来这三种传统的时间向度，并且各自承载着不同的含义。

① 龙迪勇，寻找失去的时间——试论叙事的本质，《江西社会科学》，2000年第9期。

一、定格现在

什么是“现在”？是时针指示的当下一刻？现在的跨度是多少？今天？今年？小说中的现在又如何体现？使用现在时态的部分就是现在，还是标识着“现在”“如今”这些字眼的就是现在？也许都是，可是又都不确切。过去也曾经是现在，将来会变成现在，我们需要一个界定、一个标准，将在时间轴上滑动的“现在”固定在某个具体的位置。

意大利现代小说家卡尔维诺在《寒冬夜行人》中一篇题为《你和零》的论文里，阐述了“时间零”的独特观念和小说艺术模式：“猎手去森林狩猎。突然，一头雄狮张牙舞爪，向猎手扑来。猎手急忙弯弓搭箭，向狮子射出一箭。雄狮纵身跃起，羽箭在空中飞鸣。”[①] 这一瞬间，犹如电影中的定格一样，呈现出一个绝对的时间。卡尔维诺把它称为“时间零”。这一瞬间之后，存在着两种可能性：狮子可能张开血盆大口，咬断猎手的喉管，吞食他的血肉；也可能羽箭射个正着，狮子挣扎一番，一命呜呼。但那都是发生在时间零之后的事件，也就是说，进入了时间一、时间二、时间三。至于狮子跃起与箭射出以前，那都是发生于时间零以前，即时间负一、时间负二、时间负三。

“时间零”的概念，使现在、过去和未来有了新的定义方法，首先被表示的是“现在”——时间零，它是一个转折点，是一个爆发点。在这个“现在”之前的时间，无论是久远的历史还是稍远的回忆，都是时间负一、时间负二等，也就是“过去”；这个“现在”之后的时间就是时间一、时间二等，也就是“将来”。所以将来并非指还未发生的时间段和未知的事件，而是指“时间零”之后发生的已知的事件。

按照时间零的概念，“现在”就是某一个时刻，在这个时刻中，过去的状态被打破，但改变的结果还没有显示，它是一个转折点，既是结束，又是开始。《鸽子项圈》中具有这些意义的“时间零”应该是凶杀案发生的那个晚上。小说把意义最丰富、矛盾最集中的“时间零”放在开头，将读者一下子带到“现在”这个时间向度。人头巷说：“我一

① 吕同六，现实中的重话，载张洁主编《卡尔维诺文集》，南京：译林出版社，1989 年。

直把这里的爱恨情仇藏得好好的，直到尸体把它们都暴露出来。”（P11）这个“现在”，是一切矛盾的爆发点，每个人物都构成了矛盾的一部分，分散在小说的各处，通过标识性的时间概念“那个夜晚”“那个凌晨”相互呼应，就像一幅被打乱的拼图，需要不断地寻找、整理，拼接出“现在”的图景。

《鸽子项圈》的时间是无序的、破碎的，这些散乱的时间碎片围绕着这个现在，有时候离它很远，例如当时间在麦加的历史传说中展开时，或者当人物陷入过去岁月的回忆时；有时候又离它很近，例如穆扎希姆在发现尸体前几个小时刚刚和杰米莱完成了结婚仪式，还因此和女儿艾宰发生了争吵并打了她一巴掌，艾宰跑了出去，这是他最后一次看到女儿；艾哈迈德在案发前一小时来到两年多没见的前妻阿伊莎家，望着熟睡中的女人突然产生了欲望，用粗暴的性完成了和阿伊莎最后一次没有对话的“交流”；穆阿兹回忆“那天晚上”他被奇怪的声音吵醒，当他睁开眼想看发生了什么的时候，却只有一辆巷口的黑色凯迪拉克和一只消失在后座上从黑袍中露出的脚，后来他意识到那个应该是尸体掉下来时发出的声响；尤素福回忆“那天晚上”他在半梦半醒中看到有人进了巷子，然后梦境和现实重合起来，他感觉到似乎有一个女人从巷子里逃了出去；有一个女人在那天漆黑的午夜出现在机场……类似于这样的情节，总是无限接近那个“现在”，可却从来没有真正到达、进入“现在”。情节在“现在”到来前的某个地方中断，当再接续上的时候，已经是跳过了现在的将来时间：听到声响后跑出去的穆阿兹第一个发现了那具女尸，看到她以诡异的方式盘腿歪在墙角，乳头上留着蓝色的液体，面容已经被毁，无法辨认；尤素福从他的梦中醒来，已经是巷子因为发现尸体而到处大呼小叫的时候了。所以，时间在过去和将来之间来回切换，绕着“现在”画出不规则的轨迹，但是那个现在，却始终是一个空白。

小说就是用这样的空白来表现现在，或者说是把握现在。现在不像过去一样可以不断累积，也不像将来一样可以无限延伸，它只能是“雄狮纵身跃起，羽箭在空中飞鸣”的那一瞬间，一旦进入那一瞬间，它也就随即结束，成为过去。如果小说开始描述“那个晚上”，那所有被描述的动作和心理都只能成为过去，无论它用何种时态，无论它如何强调“现在”“正在”这类时间标识，所以只有用空白才能抓住现在，空白就如同定格，填满了这一瞬间，让时间静止，让它可以被看到、被感知、被体验。

阿伊莎的一段话是对这空白的现在很好的诠释：“我们要寻找的不是自由，不是爱，而是一个谜语，无意识地、无法解释、没有考虑，我们向它靠近过去，我们不允许自己去破解它，因为没有被解开的谜语可以是一切可能。”（P323）空白的现在就是这样一个谜语，它让凶杀案有了无数种可能的“真相”，从而使每一个和凶杀案有关的人物命运也相应地有了无数种可能的发展轨迹。每一个过去的时间碎片，都有可能指向这个凶杀案的因果链条上某个组成部分，而每一个将来的时间碎片，也都可能是这条因果链条产生的结果，所以这一刻的现在，包含了所有的过去和将来，成为一个包含着一切又什么都没有的存在。

这样的空白一边构建着现在的意义——它可以是一切，可一边又在消解现在的意义——它什么都不是。因为空白中的这种虚无使一切都处于不确定状态，所有的时间碎片就像漂浮在无重力环境中一样，无法组成固定的因果链。调查女尸案也就是想要弄清楚这个“现在”的纳赛尔，在不断地怀疑——追查——否定中感到筋疲力尽的虚无、绝望和厌倦。空白的“现在”使事件失去了重心，回避了无数个在绵延之中常规的可能性，使时间序列成为一种偶然，甚至成为一座迷宫。对于读者来说，空白的现在使他们的阅读坐标失衡，难以把握文本的逻辑。因此，虽然空白看似提供了无数的可能，给予了读者更多的自由，但却是不能承受、无法支配的自由，阅读成为一场迷宫中的走失。

这种空虚和迷失，是《鸽子项圈》人物内心的真实写照，也恰恰是人类对现在、对当下的真实体验。艾略特曾说，“如果时间永远是现在，所有的时间都不能得到拯救。”这句话深刻地揭示了现代人在“现在”中所遭遇到的虚无。一切如荒原般虚无和荒诞，没有什么是确凿无疑的，没有什么是绝对肯定的。与对过去和未来的描绘相比，许多现代派作家对现在维度的刻画通常是与荒诞和绝望连接在一起的，它不再是在过去和未来之间一个划定界线或有明确位置的点，而是一片模糊和空白，从中反映出的是生存的荒谬性和虚无倾向。

现在的这种空白属性，一定程度上也是宗教性的某种体现。小说中描写在姆沙白花园举行的神秘仪式，姆沙白召唤众人向“缺席即在场的那位祷告吧”（P164）。神是缺席的，可他的缺席又恰恰证明了他的存在。这是一个由来已久的悖论，如果要证明神的存在，他必须出现，可是他一旦和世俗万物一样以某种具象的形态出现，也就消解了自身的神性。但其实神是否存在这样的命题是超出人类经验范围的，康德对类似的二律背反的解决办法，是不把这些超出人类经验界限的东西视为认识的对象，而把它们当成是认识的条件或者认识本身。所以宗教不是用来认识和解释的，而是用来体验的，是不能也无法用世间的逻辑去证明其真伪的。伊斯兰教是一个仪式感非常强烈的宗教，真主无处不在，无时不在，却没有具体的形象，不像其他很多宗教一样有某种形象可以将神灵具体化，从这个意义上说，宗教仪式实际上替代了偶像的功能，成为了宗教的具体表现。《鸽子项圈》对宗教的阐释是超越仪式、或者说抛开仪式的，是抛开一切外在形式的。信仰本质上应该是一件很私人化的事情，仅仅存在于内心和神明之间，任何其他的外在形式，都是一种具象，都有可能变形，被扭曲、被利用而背离原本的意义，只有不存在才证明了神的存在，只有体验才能让人领悟宗教的真谛，而空白的现在正是这种宗教体验现在时间维度的体现。

二、留住过去

“叙事的冲动就是寻找失去的时间的冲动，叙事的本质是对神秘的、易逝的时间的凝固与保存。或者说，抽象而不好把握的时间正是通过叙事才变得形象和具体可感的，正是叙事让我们真正找回了失去的时间。”[①] 为了避免现在所产生的虚无，叙事将感受的触角伸向过去，用过

① 龙迪勇，寻找失去的时间——试论叙事的本质，《江西社会科学》，2000 年第 9 期。

去的充实来填满现在的虚空。在《鸽子项圈》无序的时间中，可以明显感受到对过去时间的偏重。除了纳赛尔，其他人物故事线从总体上看，都是往前追述的过去时间，它们构建了一张过去时间的网，将大部分的人物和事件拖拽进这张网中。以女尸案这个现在“时间零”往前追溯，《鸽子项圈》中的过去时间，可以分为整体的属于麦加的过去时间和局部的属于人物的过去时间两个层次。

麦加的过去属于阿丹、哈娃、努哈这些人类始祖和先知们，属于各种天使、巨人、恶魔这些人类之前这片土地上的主宰。这一段时期充满了神秘性和宗教性，麦加到处是奇迹和不可思议的事，仿佛整个人类的历史都从这片神奇的土地上发端。真主命天使为从天堂被赶出去的阿丹修建的帐篷，易卜拉欣和伊斯马伊最初为克尔白建造围墙时留下的脚印，因为贪财懒惰而被真主赶出麦加的巨人一族……这些人类历史之前的传说、神话，让麦加蒙上了一层神性的光辉。

麦加的过去曾经一度充满了书香，散发着知识、人性的光芒。禁寺周边书店和香料店鳞次栉比，“香料市场是书的灵魂，也是油脂的精髓，爱书的人觉得是书中的文字赋予了香料商人的货品以书的芬芳，而卖香料的老人们则坚信是香料用它的魔力芬芳了书里的文字，最终，其实是人性的精髓分解在空气中”（P208）。麦加最早的旅店是为了来麦加求学的人建的，后来又兴起了不计其数的小型私人图书馆，成为信徒们认识宗教、理解宗教的知识圣地。这些图书馆的主人求书若渴，为求一本好书，足迹遍布各地。在这些用阿拉伯传统拱门装饰的幽暗的图书馆门口，你可以见到求知若渴的麦加人。

这些图书馆慢慢演变成了小书店，藏身在众多小吃店、铁匠店、琴具店中间，前院是阿拉伯古代著名典籍，后院藏着的是近代启蒙运动以来的一系列智慧的结晶，这种时间上的先后和空间上的一隐一显，似乎也体现了阿拉伯文化和西方文化之间的一种传承和超越，以及当今的一种微妙关系。书店的主人沉浸在知识的海洋中，对到来的客人只是头也不抬地问候了一下。在提到的一系列古代典籍中，有古代的《鸽子项圈》，好像某种穿越时空的相遇，古代的《鸽子项圈》遇到了现在的

《鸽子项圈》，它们似乎是两本除了名字以外完全没有任何相关性的书，但其实是在讲同一个主题，古代是一位男性在理性地分析爱的表现，现代则是一位女性在感性地描绘爱的形式。

如果说神话般的传说和过于久远的历史都让麦加的过去时间显得有点虚幻和理想化，那么小说中那些确凿可靠的史实或者以新闻报道形式出现的历史则赋予了麦加更多的真实性。比如通过里巴比迪大宅里的照片引出的 1979 年斋月朱哈曼占领禁寺事件，没有直接描述这个事件，而是巧妙地利用不同的照片写出一些片段和画面：用棺材把武器运进禁寺的场景；朱哈曼和他的追随者没有食物，吃椰枣和喝渗渗泉水的场景；最后满是尸体和鲜血的禁寺广场，等等。再如，通过厄希收藏的报纸头版头条，侧面描绘出沙特的社会状况：吉达高 1600 米的摩天大楼像矛一样插在地中海；股市崩盘，面对受害者全世界的沉默；在外界压力下的女性驾驶问题，粮食价格上涨 30% 到 50%；每桶石油价格突破 100 美元大关；耗资 30 亿扩建禁寺……这些真实的事件和各种传说交织在一起，形成了一种亦真亦假的历史感，而这就是麦加，你永远也无法将她的历史和传说完全分割开来，好像那些看似离奇的传说故事，曾经真实地发生在这片神奇的土地上。

这些过去时间并不是延续性的，而是如同大小不一的岛屿一般镶嵌在空白的现在时间之中，往往是孤立的、封闭的，无法构成完整的、系统的存在。这些属于不同时期却又同时出现的过去时间，让麦加变成了一个时间隧道，读者就好像在看幻灯片一样飞快地浏览着麦加的历史，造成一种时间蒙太奇的效果，镜头一直对准麦加这个空间，但时间却自由地往返于过去和现在，这使得那些在时间上相距甚远的事物、意象可以随意地并置排列，也可以使此时间的景象及思想活动与彼时间的景象及思想活动相互自由叠加。所以读者常常会在一转身间，从现代的高楼大厦走近古代的图书馆，又会突然在翻阅典籍的时候被机械铁壁甩出去，回到令人窒息的人头巷中，但这一次同样不会停留太久，因为很快巨人会把这里变成人间炼狱。

麦加的过去时间，一路从神性走向人性，然后走向异化和物化，走向被商品经济和金融寡头控制的单一、枯燥，失去生气的现在。

而对于巷子里的人们来说，他们的过去时间虽然同麦加的过去时间相比是那么短暂、微不足道、波澜不惊，但是对于他们每个人而言却是生命中不可分割的一部分，不论是令人不堪回首的还是念念不忘的，都不可挽回地过去了，融入了麦加的时间洪流中。

阿伊莎说，计算机的时间可以用键盘点击改变，可以返回到从前，可以修正复原，用系统恢复回到以前的某一个点，抹去很多不必要的东西。“我的头脑里也有这样的功能吗？我想着要复原哪个时间呢？要回到过去抹去些什么呢？也许从我的名字开始，把阿伊莎换成哈叶塔。”（P267）她向那个“负责记录过失，同时也象征着创造的天使”祈祷，希望他帮我们抹去一页又一页，好让我们有机会重新书写”（P254）。阿伊莎从小好像生活在罐头里，经历离婚、车祸等种种悲惨的经历，所以她想要否定整个过去、整个人生，这种无奈和绝望用计算机程序这样的比喻开玩笑似地表达出来，一方面很符合她回国后一直生活在电脑屏幕前的这个人物设定，另一方面也使得原本沉重的绝望感被四两拨千斤地化成了一种荒诞。

尤素福觉得他和阿伊莎的读书竞赛最大的失败在于，他没能拿到普鲁斯特的《追忆似水年华》(阿语里的翻译应该是《逝去的时光》)。“我不知道是什么样的机缘巧合竟然让那个阿伊莎拿到了唯一一版，让竞争对手得到它对我而言将会一直是我心头的一个钥匙孔，我的时间就从中溜走了。我时常在想，如果当初是我得到了这本书，我的生活将会完全变样，那些背叛了我的将不会背叛”。（P213）他想念用日记复活艾宰（阿伊莎）的日子，但是他明白，“那些被记录的时间已经变成了过去，而现在没有留给过去的位置”（P214）。

穆阿兹从小就对宰杀牛羊这些事感到恐惧和不安，但是他父亲却认为他不够男子汉气概，每次看到他情绪低落就会安排他去宰羊。在宰杀图尔齐耶送来的羊时，他回想起了自己被父亲带去看一位年轻的刽子手第一次行刑的场景，这一幕，又让人联想起小说一开始说的四个偷克尔白旧帷幕的青年被砍头的事，所有这些过去交织在一起，人头、羊头

“留下了同样的久远的血，仿佛血不是从被砍断的头颈里流出来，而是从他脚下的地里流出来的”（P259），人头巷的土地上浸染了太多的血，从一开始的四个青年，到无名女尸，到小刽子手的第一个刀下鬼，到现在穆阿兹手里的羊。

艾宰的父亲被他深爱的女人——艾宰的母亲伤了心，所以一直和女儿之间刻意地保持距离，因为他觉得，当一个人向一个女人敞开了心是没有好下场的，“她会不把你放在眼里，喝你的血”（P232）。他不喜欢吃她做的饭菜，可她却日复一日地把饭菜扔到离他一步之遥的地方，“就好像她在喂一只猫，细微的差别在于，他是带着冰冷的拒绝咽下这些食物，来塞满他岩石般的肠胃”（P231）。他放弃了同女儿亲近的机会，因为不想再向任何一个女人交出心让她去践踏。在女尸出现后，她父亲的第一反应是：这样的死法太不体面，绝对不能是他女儿。他要“用一生的时间来忘记她，但她，把自己封闭起来，把他推到她心的边缘坠落下去，任他独自在他的小店里腐烂，就像她母亲一样”（P233）。因为要娶杰米莱，他同女儿发生了冲突，在艾宰失踪前一天还扇了她一巴掌，这成为他心中的一块大石，永远卸不下来。

奥古斯丁说：“我的心灵啊，这是在你里面度量时间。……事物经过时，在你里面留下印象，事物过去而印象留着，我们讲述往事，并非从记忆中取出已经过去的事实，而是根据事实的印象而构成言语，这些印象仿佛是事实在消逝途中通过感觉而遗留在我们心中的踪迹。”[①] 这些人物的过去时间，也是琐碎而分散的，穿插在麦加的过去时间中，无论美好还是残酷，都只能留存在记忆中。

三、回到未来

在《鸽子项圈》故事第一部分的最后，时间的流逝显得顺畅了许多，没有那么多回忆和幻想横亘其中，人头巷也不再介入，故事进入到一种难得的写实情景中，世界就是人们每天看到的样子，平淡无奇、按

① 奥古斯丁《忏悔录》，周士良译，北京：商务印书馆，1963 年，第 245—246 页。

部就班。人头巷被拆除，众人带着巨额的拆迁款奔向各自的新生活。穆阿兹的父亲等着成为新清真寺的阿訇；尤素福在里巴比迪大宅重新找到了历史除艾宰之外的意义；艾宰的父亲终于下定决心休掉了患有饕餮症的杰米莱；哈莉迈给尤素福的信中，描绘了她在吉达惬意的日子；警察局里的警官们投入地盯着股市的红绿线，因为天下太平，没有什么棘手的案件劳烦他们；那具无名女尸被送到医学院，那里的学生一边喝可乐一边在上面研究人体构造……案子结了，空白的“现在”结束了。

即将离开麦加的艾宰（阿伊莎）“头脑里的时钟仍然指向起飞时间十二点，她感到飞机在她面前推动着钟表，十二点的第一个瞬间，清除了在她身后打开的时间，阳光在上面经过，绽放”（P345）。过去的时间已经被甩开，新的时间、新的生活正在开启，这一刻，如此隆重而神圣，凝滞而让人眷恋，还没有开始就被怀念，以前没有过以后也不会再重复的瞬间，绽放的、一切美好似乎尽在眼前的瞬间，生活所有的恶意都还处于隐藏状态，没有任何阴影，只有阳光，未来在所有人面前打开。

小说的第二部分是在遥远的马德里开始的，没有人头巷、尤素福、纳赛尔、阿伊莎……只有一个叫努尔的女子以及她的保镖，还有一位神秘的谢赫，未来似乎是一个全新的开始。但不久读者就会发现，过去其实从未走远，未来将会不断地返回到过去中。

努尔经常会去一个墓地，很多客死他乡的人被葬在这里。她觉得那些刻在石头上的各种语言是死者想要留给世界的信息，是他们“在死后继续交谈的迫切需要”（P362），失去记忆的她很喜欢那里安静的、属于过去的时光，她在那里发现了一个墓碑上有一个钥匙的形状，就是这把钥匙，把她带回了人头巷，带回了克尔白钥匙守护者家族的历史中，并最终唤回了属于艾宰（阿伊莎）的记忆。

而对尤素福一行人来说，银质面纱中裹藏的古代遗嘱，将他们带回了伊斯兰初期的麦加，追踪着一个家族的繁衍传承。在停止书写艾宰的所谓未来后，尤素福再次遇到了一个熟悉的女性，似乎忘却了曾经多么痛恨她，要让她在他的书写中死去，所有的爱都恢复了。他明白了少年时期看康德时用红线画出来的一句话:“对于时间和空间本身的研究,最终会发现它们既是无穷的,又不是无穷的;对物质本身的研究,会最终发现它是无限分割的,又不是无限分割的;对意志的研究,最终发现它是固定的,又是自由的。”于是他站在大屋的房顶上大喊:“艾宰,你就是所有这些矛盾的对立……我不应该对你的存在感到绝望,找到你哪怕在死亡里,你的死亡意味着我的死亡。”(P213)他又变回了无论你坐时空机器回到哪个点,都会发现以同样的浓度爱着艾宰的那个尤素福,经过时间的穿凿,他在爱艾宰这件事上没有丝毫的变化,宛如一种不会耗损的元素,在时间轴上任意地往返。

童年被一部美国电影打开世界的哈利利在经历了事业受挫、爱情夭折、婚姻失败、放纵堕落、对抗癌症这一系列的变故后,终于又回到了美国大片的世界中,接续他少年时的梦,直到死去。

纳赛尔在案子结束后还是用自己的方式继续寻找着阿伊莎,在图尔齐耶那里没有找到的答案在索比汗那里找到了,他成为这位金融巨鳄的爪牙,重新获得了阿伊莎的书信。

萨利赫的人生曾经因为在遣返广场的一夜而被彻底改变,但他最终还是被遣返警察追捕,自我流放到了一片大垃圾场,在那里,他继续收集着各种橱窗模特的部件,成为这群特殊女性的拥有者和主宰者……

所有人的命运都像是一个轮回,在一个打开的未来,主动或者被动地选择了回到过去。随着第二部分故事的推进,人物和线索又都回到了麦加,回到了以原来的人头巷为核心的那一片区域。读者会发现,原来遥远的西班牙的那一段时间就犹如一个幌子,是为回归所做的助跑,向未来后退几步,是为了更快地跑回过去。甚至连西班牙本身,也是麦加整个历史中的一个点,是克尔白钥匙在时空中流转时曾经在那儿发生过的一次重要停留。因而,来到西班牙,也可以说是某种回到历史的象征。

当代著名学者、文学评论家、翻译理论家乔治·斯坦纳在他的著作《通天塔之后》中说到:“我们语言中的前进性习惯,我们表达将来性的习惯,换句话说,将来时的存在,给予了我们对未来的希望,将我们从虚无主义当中挽救回来,甚至使我们免于集体自杀……如果我们的时态系统更加薄弱，可能就无法忍受了。”[①]在《鸽子项圈》中，叙述事件时大部分的时态都是过去时，现在时大多数出现在对话、尤素福对艾宰的独白和阿伊莎对大卫的独白中，叙述事件情节时现在时使用较少，只是在描述某种状态时的局部出现，比如穆阿兹发现尸体的时候对于他的动作使用的是过去式动词，但是对于尸体的形态使用的是现在式动词。将来时则无论在哪种情形下都非常少见，偶尔出现也仿佛是一种很刻意的行为，是为了造成时间上的强烈对比。尤素福在一篇日记中写道："艾宰，我将会陪你去参加姆沙白每年斋月 12 日举行的召唤穆斯塔法·塔哈的活动"，"如果你去了，你将会和穆阿兹一样选择乌木手串"，"你当时将会站在我身边"（P163），所有的这些表征将来的时态和日记中所记录的活动发生的时间——昨天形成了明显的对比。当然阿拉伯语本身并不是一种在时态方面有着精确划分的语言，阿拉伯语中并没有将来式动词，表达将来时的方式是在现在式动词前加前缀，但因为不可能每个动词前都加前缀，所以往往无法表达出一种显著区分于现在时并能持续表达将来时态的效果。这一点对于时态概念更加模糊的汉语使用者来说很容易理解。虽然不能凭借这一点就说阿拉伯人不重视未来，但语言确实是民族性的一种反映，"从一个民族的语言中，我们能很大程度地了解民族的精神。"（爱默生语）而反过来，语言也会影响使用人群的思维方式。

对于传统的游牧民族来说，时间是一个概数，蒙昧时期的半岛居民常以所熟悉的动物行为的变化来计算时间，或以历史上发生的重大事件和著名人物来记录时间。游牧经济的偶然性和脆弱性，削弱了他们对时间的敏感程度，也导致了他们对时间的消极态度，贫瘠的沙漠让很多人以打家劫舍为生，随时可能出现的饥馑和死亡，让他们更愿意享受现在和回忆过去。这种集体无意识即使在经过漫长的定居生活后，依然流淌在阿拉伯人的血液中，在他们看来，时间是流向分离、未知、死亡的，这些让他们不安而又无法摆脱的因素使人在时间面前变得软弱和无助，

---

① 盖伊·多伊彻《话 / 镜》，王童鹤、杨捷译，北京：清华大学出版社，2014 年，第 7 页。

生命就像沙漠里的植物一般，有条件就疯长，没条件就速死。风沙过，寸草不生，再待雨来时。生命周期如此短暂和无常，期待未来和永恒只会让人痛苦而绝望，所以他们不会也不愿精确地计算时间、安排时间，也不会对“未来”这一时间概念有美好的憧憬和向往。

宗教在一定程度上缓解了阿拉伯人对于时间的焦虑，让他们有了寄托，然而这种寄托也在一定程度上限制了他们对于未来的想象和规划。至少对于人头巷里的人们来说，所谓的未来，最终就是末日审判，去天堂的去天堂，下地狱的下地狱。一心想上天堂的人们愿意为此付出一切努力，哪怕是向乌姆·萨阿德的基金里捐钱这种不是很体面的事。其他任何事情和死后上天堂相比都变得不再重要、可有可无，就好像阿伊莎的父母看待他们的子女那样。小说中对未来相对消极的态度和整体上返身向后的时间立场，或多或少地带有阿拉伯民族集体思维模式的印记。

定格的现在时间显示了当下的迷茫和困惑，以及对于现实无声的抗议；丰富而多元的过去时间实现了对于往昔的一种留恋和不舍，以及对于命运不可抗力的一种无奈和妥协；模糊的、不断返回过去的未来时间则显示出对未知的将来不确定、恐慌甚至绝望的心理状态。小说通过不同时间维度之间的对比，凸显了人在历史与现代交织的城市中矛盾困惑的状态，也反映出了一种厚古薄今的时间立场。

第五章 《鸽子项圈》的叙事空间

任何叙事文本都是由时间和空间两个维度共同构建而成的，但是在不同的时期对这两者的侧重各有不同。米歇尔·福柯说："19世纪最重要的痴迷，一如我们所知，乃是历史——它以不同主题的发展、中止、危机与循环，以过去的不断累积、以逝者的优势影响着世界的发展进程。……而当今的时代或许应是空间的纪元，我们身处同时性的时代中，处在一个并置的年代，这是远近的年代、比肩的年代、星罗散布的年代。我确信，我们处在这么一刻，其中由时间发展出来的世界经验，远少于联系着不同点与点之间的混乱网络所形成的世界经验。"①

自从1765年德国批评家莱辛发表著名的美学论著《拉奥孔》以来，小说就和诗歌、音乐一起被视为以延续性为基础的时间艺术，对应于以共存性为基础的绘画、雕塑和建筑等空间艺术。文学作品以及文学研究中对时间的重视由来已久，传统叙事文本对于故事情节的强调使它的时间特征比其他文学形式更加突出，叙事学有关时间研究的理论也相应地更为丰富和成熟。叙事空间问题一度没有受到同等的关注，不过在"空间的纪元"里，很多领域的研究发生了所谓"空间转向"，在小说创作和叙事学研究领域也是如此。"作家在小说中探索新空间化的小说形式，自普鲁斯特和乔伊斯等人突破线形叙事局限后，历经法国'新小说'派，一种试图排除'时间性'的叙述手法开始受到推崇"②，人们开始不仅仅把空间视为事件发生的地点和人物所处的场所，而是利用空间来安排小说的结构，甚至依靠空间来推动整个叙事进程。"空间"不再是单向度的背景，而是成为积极参与叙事话语的活跃元素和一种被刻意使用的技巧，成为"展示人物心理活动、塑造人物形象、揭示作品题旨的重要方式"③。叙事技巧的新发展也带来了叙事研究的新动向，小说形

① 米歇尔·福柯，不同空间的正文与上下文，陈志梧译，载包亚明主编《后现代与地理学的政治》，上海：上海教育出版社，2001年，第231页。
② 龙迪勇，叙事学研究的空间转向，《江西社会科学》，2006年第10期。
③ 申丹、王丽亚《西方叙事学：经典与后经典》，北京：北京大学出版社，2010年，第132页。

式空间化成为研究者不可忽视的现象，空间问题被给予了更多的关注。福柯、加斯东·巴什拉、列斐伏尔、丹尼尔·贝尔、弗雷德里克·詹姆逊等众多当代学者都探讨过“空间结构”和“空间范畴”，相关的理论逐渐形成，虽然还没达到时间研究那样的完整体系，但各种新的观点和概念层出不穷，成为叙事学理论富有生机的一个增长点。

鲁思·罗依在《小说中的空间》一文中提出了叙事空间的三种结构形式：

1. 连续的空间，人物可以自由地在这些毗邻的空间中穿行。

2. 彼此中断的异质空间，但在某些特殊情况下或通过某种特殊介质，人物可以直接进行跨空间交流。

3. 不能直接沟通的异质空间，只有通过梦境、传说、书中书等形式，人物才能进入这一空间。①

我们借鉴这种分类方法，按照不同的特性，将《鸽子项圈》中出现的主要叙事空间分类如下：

第一类	现实空间	人头巷、吉达、马德里等
第二类	神圣空间	禁寺、里巴比迪大宅、姆沙白花园等
第三类	欲望空间	地下室、玩偶仓库等

第一类是可以自由穿行的所谓“连续的空间”，就是人们平常生活所在的小到阁楼、橱柜，大到城市、国家等一系列场所，是物理世界的一般空间形式。第二类空间有点儿类似于鲁思所说的彼此中断的异质空间，我们称之为神圣空间，并不是所有人都可以随意进出，对于信徒来说，必须通过某种仪式或者借助某种工具才可以进入，它是连通不同世界的特殊空间形式，将本来均质延展的物理空间打断。而第三类空间则类似于“不能直接沟通的异质空间”，是心理化、幻影化、寓言化的空间，进入这些空间的人物看似进入了一个普通的场所，但事实上进入的是经过内心世界投射的异质空间，是潜意识、梦的活动场所，我们把这些场所统一归为欲望空间。

① 龙迪勇，空间叙事学，上海师范大学博士论文，2008年，第20页。

第一节 现实空间

“家屋、阁楼、地窖、抽屉、匣盒、橱柜、介壳、窝巢、角落等，都属于一系列空间方面的原型意象……人类对于这些空间意象的感悟或接受有大体类似的模式。”[①]《鸽子项圈》可以说是从一个空间开始的，“这个故事里唯一确定的就是尸体的位置”，也就是人头巷。小说选择了很具有代表性的一个空间意象——巷子，作为故事展开的主要场所。它可以看成是一个社会的缩影，范围有限，所以其中的所有人物都不可避免地会发生接触和互动，各个阶层、各种社会分工都相对集中，咖啡店挨着食品店、琴店、裁缝店……前面店铺，后院家屋。而从所有这些地方去到巷子的中心——清真寺都不需要太长的时间。巷子和城市宽阔的街道相比，往往相对落后和封闭，因而矛盾冲突也更加集中，同时也更加隐蔽，所有人都小心翼翼地藏着自己的秘密，可一旦有一件事打破了表面的平静，它所产生的连锁反应也会因为人与人之间这种近距离而变得更加猛烈，可以说巷子是一个潜藏着巨大叙事能量的空间。以巷子为圆心，向内紧缩，是一系列更具象、更狭小的现实空间——阁楼、天台等；向外扩展，则可以延伸到现代的街区、交通网络、城市乃至世界。《鸽子项圈》小说中这些以人头巷为圆心的现实空间，总体上来说是令人压抑不安的，但在压抑的大环境中也会有一些透气孔一般的小环境，通过暂时的空间转移让人物和读者的心情得到舒缓和放松，同时也更加反衬出大环境的压抑。

我是一条小巷，位于麦加尽头副朝觐路线上受戒处（从不同地方前往麦加朝觐的人必须先在指定的不同地方受戒）的边缘，在这里，信徒们洗净自己，准备进行副朝觐的仪式：也就是洗去去年的罪恶，为充满过失的下一年做准备。（P7）

这样的一段自白，突出了人头巷的边缘地位，只是麦加某个副朝觐

① 龙迪勇，空间叙事学，上海师范大学博士论文，2008 年，第 25 页。

受戒处旁边的地方，无人问津，几乎与世隔绝。就像哈利利说的，因为没有通畅的交通，这里警察、军队进不来，只能任由里面倒塌的倒塌、焚烧的焚烧，到处是非法劳工、毒贩子。它的名字源于古代埋藏此地的四个青年被砍下的头颅，他们因为偷盗克尔白旧帷幕而受到惩罚。在他们被埋葬后，有一个姑娘来到此地日夜哭泣，她被认为是这四个青年的爱人。这样一个夹杂着血泪的传说，让人头巷这个空间从一开始就充满了压抑、不安甚至是绝望的基调。

人头巷里的小空间也浸染着这种气氛。房子挨着房子，窗户对着窗户，一切都很狭促。阿伊莎的闺房是两层楼中间的一个小隔间，和一个电梯间差不多大，空调堵住了唯一的窗户，暗无天日；艾宰失踪后的屋里除了一张床，什么也没有，窗户被封死了；穆扎希姆的小店里永远只有一个伙计兼收银和三五个客人；穆阿兹家的姐妹们偷偷躲在门口看电视里播的节目；接送女孩子们上下课的大巴上总是黑压压的一片，只有司机的袍子是白色的。在学校，女孩子们不能随意地表达自己的想法，否则会被请到讲台旁边，当老师的阿伊莎觉得自己只不过是“章鱼的一只触手，而章鱼就是人头巷，无数的触手，对抗着时间，扼住幼小的女孩子们的喉咙”（P53），她们就像是晒干的椰枣或者鱼片，没有任何活着的气息，在绽放之前就已经枯萎了。

喜欢画画儿的艾宰和喜欢看书的阿伊莎都有一个私藏秘密的迷你空间——楼梯的最底层。在那一小方天地中，艾宰藏她画的画儿，阿伊莎则藏着一本对她而言的禁书——《恋爱中的女人》。画儿和书，是这两个女孩认识世界和表达自我的途径，因而这两个空间也成为她们俩生命的承载点。“生存空间越缩越小，甚至连居住其间的个体也不停地缩小，然后，呈现在眼前的是宇宙，是生命，是一个人所拥有的意识。于是，从外部空间到自我微观，内在自我与外在空间形成了辩证统一。最后，存在空间透过自身扩展到无限。”[①] 空间和在空间中的人被挤压到极限后发生了某种变形，空间和自身融合在一起，沉浸在绘画和阅读中的两个

① 巴什拉《空间的诗学》，张逸婧译，上海：上海译文出版社，2009 年，第 54 页。

女孩在那个极小的空间里投放了生命的无限热望，对她们来说，那儿就变成了无限广阔的世界。然而这样的私密空间，也逃不过人头巷的监视，“人头巷会在一个女人恋爱的时候闻到她的味道，……我这么明目张胆地阅读，不仅是在挑战我的父亲，也是在挑战人头巷里的所有人，包括我自己”（P281）。

所以阿伊莎说：“我们人头巷的人被培养了一种对外面世界的恐惧。你无法想象一个从来没有和陌生男人同一屋住过的女人，从来没有独自上过街，没有单独一个人生活，从来没有离开过恐惧的泡沫，从来不知道自己能够做什么。”（P281）而艾宰说人头巷的姑娘们好像出生在只有用魔法才能打开的盒子里。在给大卫的信中，阿伊莎写到了一个被遗忘很久的传说故事：有一个男人把他的女儿关在家里的地下室，从这个女孩出生开始，她的世界里一切都是阴性的，绝对不能有任何阳性的痕迹，她使用的餐具、吃的食物、接触到的一切都必须是阴性的词汇。然而突然有一天，一把“剪刀”（在阿拉伯语中是一个阳性的词汇）掉进了这个地下室，这让小女孩看到了一个前所未见的世界。最终利用这把剪刀，小女孩挖出了通向外面完整世界的“地道”（同样是阳性的），去面对全新的生活。这个故事是对压抑的现实社会一种极端的反映，充满了寓言性质和荒诞意味，但是那个地下室的空间意象却在某种程度上和现实空间中的人头巷发生了重合，人头巷的女性在阿伊莎看来，就如同生活在这样的地下室，只是她们还没有等到那把剪刀。

在里巴特巷，尤苏莉叶住的房子好几十年都没有修缮过，水电费也很久没交，“门一开，涌出尘土的味道，里面的女人眼神空洞，陌生得如同洞中人”（P176）。尤苏莉叶在这里收留上了年纪的或者生病没人照顾的妇人，送她们最后一程。生和死，冷与热，在尤苏莉叶看来没有太远的距离和明显的差别。终生未嫁的她，觉得死亡比婚姻离她更近、更熟悉。所以尤素福在听说她母亲要搬去里巴特时极力阻止：“里巴特？天啊，妈妈，你是一个不听歌就不能活的人，你用你泡的茶给别人带来快乐，你会死在那个抑郁的地方的。”（P30）

塔伊夫是纳赛尔的故乡，可是他自从有机会离开之后就再也没有回去过，父亲用铜壶砸死姐姐的一幕成为他对家乡挥之不去的血腥记忆。而尤素福发疯被送往塔伊夫的精神病院，那个地方连人头巷都会觉得，“光它的名字，对身为麦加巷子的我来说已经是一种侮辱”（P33），医院的病房里挤满了生活在自己排泄物中的病人，医生和护士都如同没有灵魂的行尸走肉。

压抑并不一定是狭小的产物，有时候宫殿般的广阔空间同样让人窒息。姆沙白曾被邀请为一位大人物的女儿治病，那位 20 多岁的花季女孩生活在禁卫森严的花园别墅中，绿树成荫，如在画中，可那里除了保姆、保镖，没有什么活物，被母亲抛弃的“公主”被父亲软禁在这里，成年之后从没踏出过宫殿，陪伴她的只有电脑游戏，连手机等通信工具都不允许使用。她数度自杀，患上了严重的忧郁症，所有的心理医生都束手无策。就像姆沙白说的，她其实就是被关在一所豪华的监狱中。

为了反衬出这些空间的压抑，小说还塑造了一些与之形成鲜明对比的美好空间，但是这些空间不是存在于记忆中就是已经成为过去式，或者在远离人头巷的地方。

在尤素福的日记中描绘了一条因为一个古老博学的家族而闻名的小巷——曼苏尔街。在过去的麦加，人们称它为“雏菊”，上个世纪后半叶是它辉煌的顶点，它就像伦敦的海德公园、纽约的中央公园、巴黎的香榭丽舍大道一般有名，是一条时尚之街，麦加人常常会在休闲的时候来此漫步，他们穿着鲜亮多彩的各种服饰，就好像参加时装秀一般。

在尤素福的记忆中，禁寺的后面有一片集中的小市场，每条小巷的路两边都是摆满了蔬菜水果和各种点心小吃的小铺子，童年时候的他和艾宰总是会被羊肉铺的香味吸引。尤苏莉叶小的时候也曾随祖父逛过这些充满生活气息的小市场，笼子里装着各种家禽，还有红眼睛的兔子，网络一样交错相连的各条小巷都有属于自己的不同货物，除了琳琅满目的食品店铺，你还能在那儿找到铁匠铺、木匠铺等不同手艺人的店铺，店主招呼客人、双方讨价还价的场景充盈着美好、和睦的气氛。

来到吉达的哈莉迈写信告诉尤素福：“这里的生活和人头巷不同……不用担心，我来到了吉达，我看见了外面的世界，我在想，如果你离开那里，也许能发现你所寻找的东西。”（P347）人们在沙滩上支起帐篷，整个假期就在那儿度过，玩模型飞机，租小马骑，游泳游到太阳下山，连祈祷都是在咸咸的沙粒上进行的，流动车摊上出售鹰嘴豆和冰欺凌……对比人头巷的压抑和诡异，吉达小镇的生活是“简单而容易的”（P347）。

这些让人觉得惬意舒适的空间，因为短暂稀少而显得格外珍贵，就好像是投进封闭房屋里的丝缕光线或者远处传来的几声动听的旋律，从而更衬托出主体空间黯淡和压抑的主题。

《鸽子项圈》中现实空间所体现的这种压抑性看起来似乎大部分是针对女性的，那对于男性而言，他们就生活在广阔无垠的自由天地中吗？显然不是。尤素福从小就爱着艾宰，甚至将礼拜方向改成对着艾宰的窗户，这份爱在巷子中人人皆知，却是一个不能说的秘密，他只能把爱写在日记里，藏在心底；喜欢摄影的穆阿兹因为是阿訇家的长子而不得不向所有人隐瞒他的爱好，每天在清真寺里的祈祷在他父亲看来是他可以成为一个合格接班人的表现，令人欣慰，于他自己却是挣扎、忏悔的痛苦时刻；被收养的萨利赫因为没有合法身份，长期生活在恐惧中，从来不敢出巷口，他觉得自己爱上了《古兰经》背诵课上邻座的女孩，可是只能看见帘子下面露出的黑袍，他翻开百科全书，发现所有和女性有关的内容都是“×”。纳赛尔心底的初恋，是一个苹果形的发卡，因为他记忆里没有一张完整的脸，只有长发和上面那个小小的红苹果发卡，他记得在朋友家看到这个发卡并偷偷把它藏在胸前口袋的时候，“气血翻涌，好几天胳膊都微微抖动”（P272），对他而言，这个苹果发卡就是女性的全部。他接手女尸案后一直努力查案，但是人头巷并没有因为他的男性身份就对他表示友好，他无时无刻不在人头巷的监视控制下，在艾宰和阿伊莎的小屋受到过莫名其妙的攻击，人头巷幻化成各种形态威胁他、误导他，最终让他的所有努力都付诸东流，成了一场空。从美国毕业回来的哈利利因为被吊销了飞行执照，只能在麦加开起了出租车，他从小接受的西方教育使他和人头巷的氛围格格不入，不同于尤素福的隐晦，他直白地爱着艾宰，甚至跑到她的窗户底下喊：“你要么是我的人，要么是死神的人。”（P92）他最终娶了一个自己哪里都看不上的妻子，新婚之夜他想把新娘想象成艾宰的模样，可是脑海里只有一袭黑袍。在新婚第二天，他茫然失落地走在巷子里，觉得整个人生都黯淡了，他被彻底地困在一心想要逃离的世界底层。对于人头巷的女性而言，她们的整个世界是被遮蔽起来的，可是对于男性而言，他们面对着这被遮蔽起来的世界，同样感到压抑。

面对压抑的现实，本能的反应就是选择逃避，拒绝面对现实。纳赛尔一有机会就离开塔伊夫的家；阿伊莎即使在回到了人头巷后，也选择活在电脑和网络的世界中；穆阿兹瞒着父亲在巷子外的摄影棚工作；哈利利每天把出租车开得飞快，好像速度可以让他远离现实；尤素福对着艾宰呼唤：“你不要站在这么危险的地方，和我一起逃离吧。”（P557）可是谁又能真正逃离呢？空间上的移动，只是物理距离的增加，那个想逃离的地方会变成身上的一个胎记、心上的一道裂痕，永远也摆脱不了。

穆阿兹虽然偷偷地从事着摄影工作，可是他从来没有中断过《古兰经》背诵，也从来没有违抗过父亲的意愿，成为一个会摄影的阿訇是他最理想的结局。

为了让萨利赫直面他的恐惧，他被扔在遣返广场待了一夜，熬过了人生中最漫长的十几个小时，终于发现自己其实不需要终日躲藏，可以去任何想去的地方，可是他还是选择回到他熟悉的人头巷，跟许多和他一样的社会边缘人聚集在垃圾处理场，那个终日充溢着腐烂气味的地方就是他自己的王国。

纳赛尔总是会不自觉地想起死得很惨烈的姐姐，那满屋的血腥味他隔着 40 多年和几十公里都能清晰地闻到。他在查案的过程中一直受到人头巷的刁难和阻挠，最后因为案件没有进展被上司责骂，案件结束后他回归正常生活，这原本应该让他感到轻松释怀，可是当“人头巷就在他眼皮底下一点儿一点儿消失，可能下一眼就不存在的时候”，他却“感到被内疚感吞噬，难道是自己从停尸房释放出来的锥心悲伤正在这里慢慢弥漫开来”（P346）？尤苏莉叶住的地方就好像一个活死人墓，可纳赛尔却在这里感到一种久违的踏实：

这里为他打开女性的头脑，引领他去往她们的记忆仓库，这些仓库已经残破，一如她们居住的巷子，和她们被人遗忘的身躯。让他惊讶的是这些记忆是如此熟悉和清晰，同外面的巨变相比，如此微不足道；同外面的迅速相比，又是如此缓慢。细节，细节，还是细节。（P182）

这些破烂的砖墙，挡住的是外面的喧嚣和巨变，但这究竟是一种福祉还是不幸，谁也说不清楚，保留这些细节需要代价，可这些细节里的那种优雅和安定又让人深深迷恋。

哈利利是东西方文化交汇的畸形儿，他迷恋西方的一切，尤其是电影，却始终甩不开来自东方的集体记忆，这是他一生悲剧的根源。一直以自己高贵出身和辉煌过去为傲的哈利利从心底里瞧不起人头巷，觉得自己一定不会终老在此，可是在和巷子里掏粪工的女儿举行了一场“廉价”的婚礼之后，他被人头巷狠狠地羞辱了：

没有人比人头巷更老了，你现在很强壮，样样都行，十年后呢？我们有我们的时限，你们有你们的，看看你脖根印的有效期吧。人类啊，你们其实就是垃圾，挺个六十年、七十年、九十年、一百年，脚步不停，索取不断。到最后，腿跑不动了，把你们撂这儿了，堆在我们身边，每个走过你的人都嫌弃你的味道，你找不到一辆搭你的垃圾车，市政的垃圾车不会进这样的巷子。带着飞机驾驶证、汽车驾驶证，你眼中的一盏烛光能亮多久？看看你越来越靠后的发际线，你手心出的汗，原来在里面的那团火开始烧到表面了，很快要离你而去了。原来因为激情和暴力而颤抖的手会因为体虚、糖尿病而发抖，你的尿会有味儿，谁想往你手里放吃的都会觉得恶心。别惊慌失措，别仓皇逃跑，别让这样的结局阻止了你。做一个慈悲的人吧，看看你现在，踩踏着人性，粉碎着乐趣，有点儿怜悯之心吧，也许你的某一点儿慈悲会在你被扔到这里的时候拯救你。（P252）

这些残忍却真实的语言摧毁了哈利利最后的尊严，从此以后他就一蹶不振，他体内的癌细胞无法遏制地疯狂生长，他最后的避难所是充满了暴力和英雄主义的美国电影，他没日没夜地沉浸在光影中，徒劳地抗拒着现实的残酷。

阿伊莎因为女性的身份，和人头巷的关系是最为对立的，她所感受到的压抑甚至让她产生了打破人头巷的冲动，可人头巷对她的潜移默化的影响却也是最深的。长期生活在这里所感到的压抑和恐惧甚至超越了时空的界限，在千里之外的德国波恩也紧紧地缠绕着她。她在医院的电梯里觉得好像置身于自己的那间小阁楼，她问大卫："你还记得那个晚上我把你一人丢下独自回去的时候吗？我很害怕。你知道像我这样的女人平生第一次一个人在陌生的街道上行走意味着什么吗？"（P304）灯下的影子在她看来就好像是要来惩罚她的魔鬼，每走一步，她都觉得会倒下死去。在和大卫的关系中，阿伊莎感受到的不仅仅是身体的释放和情感的满足，还有来自内心深处的恐惧和自责。对于一个西方的青年来说，蒙着面纱的中东女人可能只是一种新奇的猎物，但对于来自人头巷的阿伊莎来说，每向前一步都像是一种背叛：

来自西方的你就这样独自走近这场景，作为一个个体，作为你身体的主宰者，在一场快乐的寻宝游戏中，你已经迈出了自己的纯粹的一步。而我，每每抬眼望去，看到的都是父亲、母亲、兄弟姐妹的眼睛，盯着我的每一个动作、每一个暗示，你的每一次触摸，都落在这些人身上。你看到了吗？我从哪里找到这些词汇向你解释这一切？我并不是独自一人到你那儿去的，我就是一张用人头巷里的眼睛锁住的白纸，而你是踩踏这张纸的大象……我交给你的是不属于我自己的东西，无论你如何想用双臂抱紧纯粹的我，你怀里始终是我的三个身体：一个饥渴的身体；一个被禁止的加密的身体；一个在真主面前变小变暗的小小的身体。尽管我很久以前就离婚了，尽管那天清晨我们在车站对面的公园里立下了誓言，请你想象我那时在那间屋子里，当汹涌的波涛震颤着你，也震颤着我，我拼命想要抢出一个身体，纯粹给你的身体，可这些身体在我裸露的肩头交叠在一起，相互撕扯着。（P254）

和大卫在一起，虽然让她得到了在前夫艾哈迈德那里没有得到的东西，却也让她习惯被包裹在黑袍下的身体和内心突然暴露无遗，由此产生了恐慌和虚无。暴露的时间越久，这种恐慌和虚无就越强烈，所以最让她恐惧的不是要再次回到人头巷，而是“在一个不知道的地方醒来，我在途中，终点却不是人头巷”（P365）。

阁楼、地下室这些地方充满了幽闭感，但矛盾的是它同时也产生一种安全感，因为在狭小的空间中，人更容易感到安全和满足，因为不需要消耗太多的能量。所以在这种空间里，压抑感和安全感交织在一起，让其中的人既想逃离又想逃回。监狱和避难所的区别在于你是否能自由进出，所以回来后的阿伊莎虽然生活在电脑里，可她也满足于这样的生活，她的冒险可以只在噼里啪啦的键盘上进行，而不用再一次把自己暴露给任何人、任何地方。她生命的意义从逃离变成了记录。虽然心有不甘，但也只是“希望如果重新再来，可以从另一个名字开始”（P545），不叫阿伊莎，不只是这样活着。

小说安排了努尔的出逃，她是艾宰，也是阿伊莎。她的新生活开始在充满了艺术气息的马德里，她住在五星级酒店的高级套房里，每天的生活就是博物馆和咖啡厅，但她的贴身保镖却感觉到，对于这个女人最大的威胁，不是现实中的某个人或某件事，而是过去的噩梦。她失去了记忆，但却在潜意识里感觉到自己和某个遥远的小巷之间的联系。她喜欢去流亡者墓地散步，和那些墓碑上的墓志铭对话，仿佛要唤醒自己死去的灵魂。当她发现了钥匙的秘密，她并没有像保镖拉法建议的那样“把过去抛在身后”（P511），而是选择回到索比汗身边，跟着他回到了故土。

现实空间之所以会如影相随，是因为无论现实多么让人不满，都是人赖以存在的地方，因为生于斯长于斯而成为沉淀在意识深处的“稳定的知觉图式体系”[①]。因为太熟悉，因为投注了情感，所以无论是爱还是恨，这些空间变成了认知的一部分，不管到哪里，总是以之为参照，其他地方都成了外在于自己的、陌生的东西。对于《鸽子项圈》中的很多

① 诺伯格·舒尔兹《存在·空间·建筑》，尹培桐译，北京：中国建筑工业出版社，1990年，第19页。

人来说，这些让他们一再想逃离的空间就是世界的全部，逃离又从何说起呢？

第二节　神圣空间

“神圣空间”一词来自宗教学术语。对于普通人来说，空间是均质和广延的，但对于信徒来说却并非如此。“教徒能够体验到空间的中断，并且能够走进这种中断之中。空间的某些部分与其他部分彼此间有着内在品质上的不同。……非神圣的空间没有结构性和一致性，只是混沌一团。”[①]在巫术—宗教占据人类思维的时期，地球上可以说遍布各种“神圣空间”，小到一棵树、一块石头，大到一座山、一座城。这些神圣空间用禁忌划出与世俗的界限，用仪式搭建沟通世俗的渠道，一个神圣空间的确立，使在均质性的混沌中获得方向成为可能，更使得构建这个世界和真正意义上生活在这个世界成为可能。

随着科学的不断进步发展，理性的光辉日益广泛地照射到曾经被各种神灵占据的大地上，这些神圣空间随之逐步萎缩。早在一百多年前，马克斯·韦伯就注意到了这一现象，并将其称之为“祛魅”。一切非理性的信仰都被归为“迷信”，并使其臣服于人类理性和科学发展不可阻挡的力量之下。但人类的历史总是有趣的轮回，在理性和科学被质疑、被反思的后现代，人们又开始了“返魅”的进程，让神秘再度笼罩山川河流、房屋洞穴。“神圣空间”以新的形式回到日常生活，因为人们发现理性不能解答所有的疑惑，人类的情感需要一个信仰的寄托，而神圣空间是这种寄托的安放之所。

《鸽子项圈》中有三个比较明显的神圣空间：麦加、姆沙白花园和里巴比迪大宅。虽然都是神圣空间，但在性质上还是有所区别的：麦加属于宗教性的神圣空间，姆沙白花园属于巫术性的神圣空间，而里巴比迪大宅属于人文性的神圣空间。它们通过尤素福这个人物串连起来，成

① 米尔恰·伊利亚德《神圣与世俗》，王建光译，北京：华夏出版社，2002年，第1页。

为故事中对抗现实的避难所，是身体和心灵的双重归宿。这些空间被描绘得亦真亦幻，大量的心理幻想和历史传说使其充满神秘色彩，让人恍惚间脱离现实的存在空间，进入到一种超越时空的特殊介质中。

一、宗教性的神圣空间

禁寺作为宗教之都的神圣性是毋庸置疑的，对所有穆斯林而言，这里是他们终其一生想要接近和到达的地方，是能够和他们的信仰世界进行最近距离沟通的场所。克尔白的存在，使全世界穆斯林的祈祷和跪拜甚至整个人生有了明确的方向。而对于非穆斯林的其他人群来说，那里作为世界上三大天启宗教之一的伊斯兰教圣地，也是具有特殊意义的空间所在。坐落在人间的圣地，就像世俗和宗教两个不同空间的衔接点，对于有偶像崇拜的宗教来说，也许一棵树、一块石头、一个雕塑都可以成为这样的衔接点，但是对于消除了偶像崇拜的伊斯兰教而言，这样的衔接点是有限的，因而其神圣性更加集中和突出，不可转移或替代。

《鸽子项圈》中禁寺这一神圣空间，主要是在尤素福的故事线中体现的，这一方面是因为尤素福研究的就是麦加历史，另一方面更是因为他克尔白钥匙守护者家族后裔的特殊身份，这使得他比普通的教徒更熟悉也更接近麦加的神圣核心。在尤素福记录的历史中，禁寺的第一个建筑是人类之父阿丹在真主派来的天使帮助下建立的。“那个时候，大地被魔鬼和野兽占据，天使出现，背对天房，面朝荒野，阻止恶魔野兽靠近。”（P240）尤素福在精神病院被折磨得近乎崩溃时求他母亲：“只要你们把我带到禁寺，就让我待在那儿。”（P35）因为只有那儿才是避难所，是身体和心灵的唯一归宿。童年的尤素福把禁寺当成玩耍的地方，记忆中曾经在廊柱间看见了带给人安慰的天使，现在他想把天使唤回来守护他，虽然禁寺那些石子小路已经被大理石地所取代，但他光脚走上去的时候似乎还能感到记忆里小石子硌脚的感觉。尤素福在禁寺仿佛变成了一个透明人，别人看不见他，他却可以审视、看透进出这里的每个人善良或罪恶的灵魂。当他躺在克尔白的帷幕下面，可以感到来自四面各个门廊里穿过帷幕下摆的风“让他的血液循环、脉搏、神经系统都缓慢下来”（P89）。

不仅仅是禁寺本身，它周围的群山、小巷都有历史的记忆，浸染着神圣的气息。艾布古比斯山可以治疗很多疾病，因为那里有圣人努哈为人祖阿丹、哈娃以及他们的小儿子希斯修建的隐蔽墓穴；传说扫尔山洞是穆圣当年离开麦加前往麦地那的通道，验证一个人是不是纯正的麦加血统的一个古老的测试方法，就是看他能否通过狭窄的扫尔山洞。被哈利利一再的挑衅、怀疑所刺激，尤素福来到这里接受考验，他想要向哈利利这样的怀疑者证明，更想向麦加证明自己的血统，仿佛这样就可以得到这座城市的认可。在越来越窄的洞中爬行的尤素福觉得好像随时都会死去一般：

他屏住呼吸，用头使劲顶，整座山都抖动起来。体内的动物本能在涌动，……当到达裂隙的旋转处时，他闭上眼睛，集中自己所有的能量用力往前挤，在最后一次超出他意识的旋进中，他滑了出来，进入了生物体的子宫……他的衣服已经完全脱落，就好像一个血块，被重新生回了子宫。这不仅证明了他和他父亲的血统，还证明了他同这座山、禁寺、他所怀揣的使命的传承关系……不再有软弱，不再有仇恨，不再有悲伤。（P302）

这犹如被分娩一般的体验，是重生的象征。站在山顶，整个禁寺一览无余，尤素福完成了他宗教仪式般的重生礼。这样的尤素福，比任何其他人都更清楚地意识到这里的神性，也正是这样的尤素福在面对现代麦加各种改变时才更加无法接受，所以他才会在日记里说："我向你发誓，读者啊，我以更完善美好的身躯出生在50年代，生活在60年代。"（P23）他说的是自己，可又何尝不是他心中的麦加呢？普鲁斯特说："我在盖尔芒特想找的东西并没有找到。我找的是别的东西，那就是盖尔芒特的美，已经逝去、已经不存在的美，多少世纪之后仿佛还在，因为在那里，时间凝聚在空间形式上分明可见。……人们在这里可以感受到时间经过的历程，仿佛远古的记忆在我们思想上又行复现。"[1]禁寺那些正在逝去的神圣和美好，令尤素福或者说是作者留恋和扼腕，

① 马赛尔·普鲁斯特《驳圣伯夫》，王道乾译，南昌：百花洲文艺出版社，1992年，第206页。

小说将神圣的禁寺描绘出来，是想要将正在消失的这个圣地留存在文本中，让时间凝聚在空间形式上，这样它也许在经历了很多个世纪之后还可以再次被人们发现和找到，让属于它的美好记忆得以复现。

二、巫术性的神圣空间

姆沙白花园是人头巷里的神圣空间。他的主人姆沙白就好像是尤素福的另一个自己。他会突然从巷子里失踪一阵子，回来的时候总是带着各种奇珍异宝，他的花园“从外面看是被围墙和时间限制起来的，但里面却没有任何围墙和时间，好像从天上掉下来的一块空间”（P101）。在斋月，这里会举行神秘而古老的召唤仪式。这个空间是让所有巷子里的人好奇却很少有人一睹其真面目的地方。

尤素福在面纱被抢之后回到人头巷，漫无目的地走着，不知不觉来到了姆沙白花园，却发现那里已经荒废了，“巨大的忧伤让他几乎迈不开脚步”（P242），然后他想起了最后一次来到这里的情形。那是他唯一一次走进姆沙白花园里的浴室，仿佛回到了土耳其时期，整个浴室是复原的一个古代建筑，姆沙白像君王一样在里面沐浴，浴室的水池连接着渗渗泉水。整个空间弥漫着姆沙白所说的“第一次死亡、第一个地狱、第一个天堂、第一声祈祷的味道”（P245）。

艾宰大概是巷子里唯一一个经常进出花园的人，但是她进入这里的方式也很奇特——夜半梦游时。在花园里的艾宰如同置身天堂：“我只是脱下鞋子，把脚埋进沙里，我的内心就像花一样绽放了……阿伊莎啊，你不会认出那个在花园里的艾宰……”（P158）得到完全释放的艾宰像个纯真的孩子一样好奇地看着周围的一切，花园里收藏的大大小小的古物似乎可以带着她逆着时间回到过去，这里好像一个时空胶囊，其实里面藏着的也不是什么奇珍异宝，而是古琴、面纱、木屐等随着时代的变迁渐渐从我们身边消失了的生活物品，它们在过去的几百上千年里曾经陪伴着整个民族，这些手工制成的物品每一件都有自己的故事，承载着文明的积淀，却在工业浪潮和流水线生产面前烟消云散了。从这个意义上说，姆沙白花园是这些被外面的世界遗忘并抛弃的旧物的避难所，“所有到姆沙白花园的东西都去了梦里，就好像这个花园是一个梦的中央车站”（P159）。

三、人文性的神圣空间

离开了禁寺，又失去了花园的尤素福身心都无处安放，这时他在穆阿兹的帮助下找到了一处新的安顿之所。这座三百多年的老宅子，曾经是一位老麦加摄影师和他的黎巴嫩妻子居住、工作的地方。在主人故去后，继续居住在这里的就是那些黑白照片了。照片里的世界，是一个神奇的空间，所有古代麦加的著名学者、书法家、诵经者、唱诗者，都仿佛被施了魔法一般活动起来，尤素福在这里成了一个完全自由的灵魂，脱离了时间和空间，逃遁在这个黑白世界中。麦加的现在和过去在贴满照片的墙面上融合在一起，他在照片里看到的，和他从窗口望出去看到的东西之间不再有任何界限，也不再有时空的阻隔，不同时期的麦加同时呈现在照片墙上，也映射在窗外的现实空间中。

尤素福在这些照片里找到了麦加原来的样子，找到了他所学的那些历史的印证。“站在这个冰冷的走廊上，尤素福意识到，就像穆阿兹之前意识到的，他正走动在一处禁忌的存在中，一处神圣的庇护所，在这里，古老的麦加召集了她的历史、人民和那些石头房子藏身于此——里巴比迪大宅。而他自己，则是一个难民，一个被驱逐到这里的人。”（P155）这个被照片定格在过去的特殊的神圣空间，对于一直偷偷学摄影的穆阿兹来说，对痴迷于历史、一直觉得错生在当代的尤素福来说，都是他们能找到并依赖的最后的神圣空间。

小说对这座大宅的描写笔调十分柔和、安详，叙事犹如慢镜头一般一步一步地显出每一条走廊，走上一级级“高度不会超过10厘米”（P150）的台阶，推开一扇扇门，走进三面墙都有雕花木窗的房间……阅读这样一段文字，会让人产生作者在回忆而不是在描写的感觉，仿佛这就是题记中提到的拉嘉祖父家的老宅，回忆因为美好而格外清晰，也因为不复存在、无法还原而显得弥足珍贵。

小说还通过其他很多细节来烘托大宅的神圣性，不同于宗教的庄严，也不同于巫术的诡谲，而是充满人性的光辉。比如在尤素福前往里巴比迪大宅的路上，他听到“孩子们像羝羊一样欢笑，窜上蹦下，吵闹嬉戏，每家小屋的厨房里飘出的香气就好像同时启动的宣礼一般……”（P148）也许这些日常的朴素生活，才是神圣的精髓所在，孩子、母亲、食物，这些是构成生命奇迹的基本元素。当穆阿兹带着第一次来到这里的尤素福参观的时候，小说反复使用“就像”这个表达来构建一种时空重合交错的效果。他们每走一步，都重合着当年穆阿兹和姆沙白第一次来这里的画面：“穆阿兹把尤素福引到走廊尽头右手边的房间，**就像**当年这座宅子的女主人玛丽引领穆阿兹那样”（P149）；在一幅女主人的照片前，“穆阿兹把她介绍给他（尤素福），**就像**姆沙白把她介绍给自己那样”（P151）；尤素福不知道，“**就像**当初穆阿兹不知道一样，姆沙白怎么会结识这位和麦加女性完全没有共同点的女人”（P151）……九个反复出现的“就像”，让读者在此时此地和彼时彼地之间来回穿梭，又仿佛在眼前重叠地放着两部胶片，第一部影像中，有一位与众不同的黎巴嫩女性玛丽和一个巴基斯坦仆人，还有穆阿兹和姆沙白，第二部影像中，本来只有穆阿兹和尤素福，但那是由于二者的画面不断重合，最后产生的效果仿佛是玛丽和那个侍从这一次也在引领二人参观这栋大宅，从一扇门穿过另一扇门，“穆阿兹的回忆和此刻尤素福所看到的交织在一起”（P153），而穆阿兹想要的就是让尤素福见到玛丽，“就像他自己在很久以前的那一天见到她一样”（P186），两个空间贯通在一起，就好像是在举行一种交接传承的仪式，在上一个时空里接受了大宅钥匙的穆阿兹现在要在这个时空里把这个宝库交给尤素福。

穆阿兹对大宅是近乎虔诚的，他在女主人托付给他大宅钥匙之后，严格地遵循着主人的遗嘱，从来不会进入不被允许的房间，他就像是大宅的守护者。而尤素福对大宅的态度则更多的是好奇和似乎是与生俱来的归属感，他自由地出入每一层的每个房间，尝试了每一把钥匙，贪婪地搜寻着照片中的各种信息，就像被吸进了照片墙中，回到了古老麦加安详美好、充满艺术文化气息和宗教虔诚氛围的空间里。尤素福是通过历史之眼去看这些照片的，而穆阿兹是通过艺术之眼，所以他只能看到照片上存在的东西，而尤素福则可以看到照片背后隐藏的历史和文明。艺术之眼是共时性的，而历史之眼则具有历时性，从而成为打开过去之门的钥匙，让我们看到了宗教之外历史的、文化的、哲学的麦加。“在大多数情况下，创作想象的一个基本出发点便是确定一个完全具体的地方。不过这不是贯穿观察者情绪的一种抽象的景观，绝对不是。这是人类历史的一隅，是浓缩在空间中的历史时间。”[①] 里巴比迪这个被描写得无比细致的神圣空间，浓缩着麦加久远的历史，犹如一种时空标识物，摆脱了物理时空的限制，成为了由情感、想象和回忆连接贯通的特殊空间形式。

里巴比迪大宅这个人文性的神圣空间成为尤素福最后的避难所，他意识到自己“终其一生，历经各种荒唐不可思议的闹剧，想要用词汇来描述的一个世界，穆阿兹先他一步找到了，用照片的方式”（P155）。《鸽子项圈》作为一部文学作品，却质疑词汇的意义和价值，执着于文字的人最终发现自己落后于用镜头去记录的人，这是勇敢的反省还是无奈的自嘲？

四、神圣空间的消失

禁寺和克尔白都还在，但现代化和世俗化正在一点儿一点儿地吞噬它的神圣性。小说对禁寺神圣性的描写是一种虚写，是通过人物的回忆、幻想来进行的，但对禁寺现代困境的描写却是直接而尖锐的。

从巷子里走出来的人们突然发现外面的世界霓虹闪烁、高楼林立，“拉斯维加斯把它透亮的灯光，洒向天房的门槛”（P75）。登高望去，到处是玻璃钢筋混合的怪物一般的建筑群，那些比宣礼塔还高的建筑堂而皇之地矗立在这片神性的土地上，让人几乎无法呼吸；禁寺周边的小山在几台巨大推土机的铁臂下一点儿一点儿地消失，那些本来是真主让他的子民居住以守护禁寺、不能买卖、不能用钱来衡量价值的土地被一块儿一块儿地出售，变成大型食品生产基地、星级酒店。一切都是为了满

① 巴赫金《小说的时间形式和时空体形式》，白春仁、晓河译，石家庄：河北教育出版社，1998年，第267页。

足不断涌入的朝觐者的需求。很久以前，朝觐的人需要长年跋涉，甚至冒着生命危险，才能来到沙漠中像人头巷这样的地方休整、洗净、受戒，准备去禁寺进行也许是一生中唯一一次的朝觐之礼。而这里的人们，也会像欢迎从远方归来的亲人一般热情款待他们，客人给主人的回赠，是他们一路上的奇闻趣事或是心里的隐秘故事，这样的交换和谐而公平。而现在，为朝觐而配置的各种设施削弱了其原始意义，使其演变成了某种宗教旅游，主人和客人之间也变成了纯粹的买卖关系。“禁寺好像变成了一个巨大的深坑，在这个坑里，那些来求知的、以禁寺为邻的麦加人的脸消失了，取而代之的是一张张从各个地方潜入讨生活的商贩的脸。”（P216）

禁寺门口时常处于交通瘫痪状态，宗教旅游大巴和各种大型集装箱车横行霸道，私家车被挤在各处缝隙里，那些满载着朝觐者的大巴车好像魔兽一般，在人海中劈风斩浪，大街上穿梭的摩托车，后面坐着衣冠楚楚的朝觐者，前面是穿着运动服的驾驶员。走在麦加的街头，两米之内，都找不到肤色相同的两个人，外省或外籍的孩子向朝觐队伍兜售香烟等商品。禁寺的地面铺上了光滑的大理石，渗渗泉被装进了一个个水龙头中。尤素福有一天突然发现看不到克尔白了，他四处张望，“找寻曾经把艾菲尔铁塔和自由女神像变没的大魔术师科波菲尔”（P156）。这里将克尔白和其他两座城市的地标建筑相提并论，似乎是在说：失去了神圣性的克尔白只不过是沙特的艾菲尔铁塔和自由女神像，是一种标志，一种象征，仅此而已。最后尤素福发现克尔白只是被高楼和人群挡住，并不是真正消失，但他也因此感慨不已，心中隐约觉得克尔白离真正消失的那天应该不远了。事实证明尤素福的担心并非杞人忧天，故事结尾处，尤素福在阿伊莎的帮助下进入了索比汗的办公室，发现了他所经营的这家跨国大公司的禁寺改建计划，在未来效果视频中，克尔白被设计成了金属的方尖碑式的建筑，以这样的方式真正地“消失”了。这样荒诞的描写让读者在感到惊奇的同时也不禁产生思索：在钢筋玻璃一类的“怪物”横行的空间里，神何以栖身？而麦加这个以神之名而立足的城市，又何以维系神性？谁也无法想象，如果有一天禁寺的中央不再是那个用精致黑色镶金帷幕遮盖的立方体，麦加会是什么样。很多人也许会和纳赛尔一样，“在无数个夜里，漫无目的地走在麦加街头，只是为了确定他的麦加还在，天使没有因为惩罚她的居民而让她消失不见。”（P217—218）

人头巷最后被拆，巷子里的人兜里揣着巨额的拆迁赔偿款，纷纷离开这里，甚至离开麦加，就好像人老了掉牙一样，一颗一颗地没有了。姆沙白花园也开始渐渐丧失它的神圣光环，姆沙白在尸体出现后再一次突然失踪，尤素福试图回去找他的时候却发现花园已经荒废了，上面乌鸦盘旋，开始有陌生的外来者进入花园随意翻找，最后“推土车把它的长臂插进姆沙白花园”（P341），撕开被遮盖的密室，从各个方向夯下去，烟尘四起。各种古代的乐器、香料、文件、石头、古代马赛克和古籍散落一地，书页里都是尘土。孩子们开始抢夺各种古董，家具、首饰、地契，所有这些姆沙白用一生心血收集起来的宝藏在一声轰鸣之后，“散落在脆弱的地表上”（P341）。

而里巴比迪大宅最终也难逃被废弃、拆除的命运，那些收藏了麦加过去的照片失去了神秘的力量，成为散落在地上的没用的纸片。尤素福最后的避难所也崩塌了。

在尸体出现前的那个晚上，坐在自己家天台上的尤素福翻看一本穆阿兹带给他的摄影集，看到了一张一战时期的照片，照片中来自埃及的驼队正为克尔白运送新帷帐。他看着看着恍惚进入了梦中，照片里的情景和眼前的人头巷重合在了一起，原本应该前往禁寺的驼队朝着姆沙白花园的方向走去，仪仗威严。巷子里挤满了形形色色的欢迎人群，很多女人偷偷躲在窗户后和阳台上观看，人头巷的房子看起来好像被复原了，显露出以前的富贵。当队伍来到花园开始卸轿子时，尤素福突然发现轿子里的不是织物而是书，人们开始用这些金银镶嵌的书修建花园、铺设道路，突然有个一袭黑衣的女孩飞快地从清空了书的轿子里跑出来，然后鼓乐声变了，所有护送帷幕的人都不见了，人头巷的众人点燃了火把，要把这些书都烧掉，从而熔出里面的金银，火越烧越旺，花园的墙壁和女孩都因为炽热而融化了，岩浆在一个坑里聚集，里面走出一个巨人，因为巷子里的人们所犯的罪过将一切摧毁了。尤素福从梦中醒来，巷子正因为发现尸体而惊呼声四起。在这个梦境中，人头巷似乎代表了整个麦加，而姆沙白花园则变成了禁寺，最后一切被摧毁的场景以及岩浆火光似乎暗示着末日和地狱，因为贪婪而犯下不可饶恕罪行的百姓、成为牺牲品的书籍和女性、帷幕、巨人……种种具有象征意味的景象似乎在暗示着发生在人头巷里的一切罪恶就是整个麦加的缩影，这些神圣空间最终将成为贪婪的牺牲品，一切都会被摧毁。

小说在构建这些神圣空间的过程中，祛魅与返魅几乎是同时进行的，祛魅是现实不可阻挡的洪流，而返魅则是人寻求寄托的挣扎。优素福说:“建设和毁灭之间，距离没有那么遥远，一直奔跑，很快就到了。”（P25）我们总是以为“发展”“进步”是绝对积极和正面的词汇，代表着更多的幸福和更多的自由，却没有想过飞速发展和进步究竟会把我们带向何处。如果一个人的人生和整个人类的历史都是一场最终以死亡和终结为终点的赛跑，那追求速度和自我毁灭也就是一步之遥。时代是仓促的，已经在破坏中，还会有更大的破坏要来。有一天，我们的文明，不论是升华还是浮华，都要成为过去。

拉嘉的小说很多都以麦加为故事背景，这几乎成为了她的一个标志，《鸽子项圈》也不例外，虽然有的事件发生在塔伊夫或吉达，故事的第二部分还有很多西班牙的场景，但毫无疑问，麦加才是小说的核心，是物体、人物和事件最主要的存在空间。很多作家在他们的创作中都会选择一个他们熟悉的、具体的空间展开故事。例如巴尔扎克就认为寻找故事并不在行动中，也不在男男女女的本性中，而是“在他们的街道、住宅和房间里”，“想象一个人，就是要想象一个外省、一个城市、那城市的一角、街道转弯处的一座建筑物、某些备有家具的房间……”[①]。麦加对于拉嘉来说，就是这样一种空间存在，虽然她本人一度定居吉达，后来又常住巴黎，可她总是用书写不停地返回，回到她所熟悉的那个麦加，那个充满了神秘气息的麦加。那里不仅仅是伊斯兰教

① 帕西·卢伯克《小说技巧》，载《小说美学经典三种》，方土人译，上海：上海文艺出版社，1990年，第158页。

的圣地，有很多伊斯兰圣贤的足迹，还有几千年来希贾兹地区的所有那些神怪、精灵、先哲留下的印记。那个把历史和传说融合在一起，每座山都有奇迹的地方，才是她想要返回和还原的麦加。

第三节　欲望空间

《鸽子项圈》中的欲望空间事实上是压抑的现实空间的一种扭曲变异，可以说，压抑有多沉重，欲望就有多强烈。《鸽子项圈》中所表现的欲望有多种形式，对财富的欲望、对食物的欲望、对自由的欲望，等等，当然最突出也最普遍的是对爱与被爱的欲望。这些没能被信仰所拯救化解的欲念流转、充盈在各处，有的进入到房间、阁楼、地下室这样的物理世界，有的则隐藏得更深，进入到梦境、幻觉、书写这样的心理世界。

一、物理世界的欲望空间

阿伊莎的阁楼对她而言是压抑的盒子，但是对于纳赛尔来说，却是充满了诱惑和欲望的地方。他第一次去那里进行现场调查的时候找到了半只衣袖，因为上面似乎有阿伊莎的气息，他没有把它作为证物上交，而是自己带回了家。后来再次去那儿寻找阿伊莎在日记里反复提及的一本书时，他“看着床上薰衣草颜色的绸缎被子”，觉得它“明亮得好像裹着一个陷入爱情的身体”（P269）。纳赛尔的目光四下搜索《恋爱中的女人》，（这里的《恋爱中的女人》虽然是一本书名，但作者没有使用“书”这个词，也不用标点对书名进行标识，于是读者看到的文本效果就是“纳赛尔在找寻恋爱中的女人”，这样的方式形成一种潜文本，仿佛他在寻找的其实不是书，而是阿伊莎——这个恋爱中的女人。）无论看到哪里，薰衣草的香味都牵引着他，让他难以自持，他走上前，翻看抽屉、梳妆台，但就是不敢触碰那张床和床上卷着的被子。整个屋子仿佛还有某些东西在延续，好像主人刚刚离开，它还在等待着他们的归来，只有阿伊莎这个阁楼，似乎已经精疲力竭，它不再等待很久以前离开的恋爱中的女主人了。其实筋疲力尽的是纳赛尔，女人们陷入爱情，可是爱情对于他来说，是一个陌生而遥远的世界，藏在他体内最深处。无奈之下，“他关上门，静静地离开了”（P269）。

如果说阁楼是爱的欲望空间的话，那么玩偶仓库则是赤裸裸的性的欲望空间。第一次看到橱窗里活色生香的女性身体时，萨利赫“感到了致命的诱惑，于是他明白了，女人的身体是我们（男人）不敢说出的秘密，……也是为什么他的百科全书会全是黑色的原因”（P198）。木头做的没有生命的玩偶，却成了萨利赫心里的“仙女”，他偷偷来到了商店后面的仓库附近，“站在这些紧闭的门外真是如在地狱中，好几个夜晚，萨利赫就这样站着，想象着在这些门后那个愚蠢的黎巴嫩人和他的仙女们在一起，那些画面撕咬着他”（P200），当他终于得以进入到这个仓库里时，却被“恐惧和热望弄晕了方向，手指不能动弹，冰冷地像冰箱里的死鱼”（P202），“他看到黎巴嫩人站在那儿，对着一个白皙的女体，他似乎能感觉到她渐渐急促的呼吸”（P201），那些摆弄衣服的动作，带着让人欲火焚身的挑逗性。玩偶身上的一些划痕，不知为何让他想起了养父手下一个厨子的印尼老婆，她会指着从头到腰的部分说：“这个，给我的主。”然后指着腰部以下的部分说：“这个，给我的爱。”走火入魔的萨利赫开始利用各种途径偷抢这些玩偶，把她们都搬回自己的小屋里，让自己也像那个黎巴嫩人那样成为这些仙女们的国王。

巷子里的利班大楼则是金钱和性双重欲望的空间坐标。这座高耸的现代建筑被四个利欲熏心的兄弟通过篡改父亲的遗嘱据为己有，不仅如此，他们还将自己唯一的妹妹关进了地下室，逼她说出父亲所藏金银珠宝的下落，然而这位死神都不愿接受的女子将这些贵金属藏进自己的阴道，虽然最终得救却无法再生育，被巷子里的人称为“最坚硬的子宫”。她在获救并要回了自己的那份财产后，在利班大楼里设了一个基金，号称“捐款的人上天堂，不捐的人下地狱”，还带领巷子里的女人们一起炒股。而那个曾经关她的地下室，变成了土耳其女人操控的隐蔽的淫秽场所，以缝制衣服为掩护，召集了许多年轻的女性在里面“工作”，三百平米的空间，有各种最先进的录制设备，各种女人对着固定的摄像机跳舞，这些视频会被传到网上，在“从八岁到只要活着的老头”（P351）中广受欢迎。哈利利在不幸婚姻的刺激下跑到这里寻求安慰，舞蹈、布匹、镜子构成暧昧而隐晦的性描写。尸体出现后，地下室的入口处被人涂上了“刽子手”的大标语，读完小说，读者才会明白这个“刽子手”的真正含义，他屠杀的究竟是些什么？是少女的青春，是信仰的坚贞，是人们追求美好生活的斗志和勇气。

在第一个故事快结束时，纳赛尔为了寻找一个答案来到这里，问土耳其女人阿伊莎在哪里，但土耳其女人却告诉他，世界上有很多女人，他喜欢什么类型都可以。阿伊莎、艾宰，不过是这些如玩偶般的女人中的一个，她们都没有差别。这个地下室空间，是女性的另一种极端的处境，她们不是被包裹全身的禁物，而是裸露在镜头下的玩物。她们是肋骨、是辫子、是让人迷恋的名字、是百科全书里的“×”、是诱惑、是灾难，却唯独不是完整意义上的“人”。如果说萨利赫那个堆满木头玩偶的小屋是男性意识囚禁女性的场域，那利班大楼地下室就是女性自我囚禁、自我迷失的场域。这两个空间都可以看成是阿伊莎提到的地下阴性世界的现实体现，这样一个寓言性场所的真实存在，并不仅仅因为小姑娘的父亲这样男性权威的控制，还因为小姑娘本身的意愿和诉求，在得到了阳性的剪刀挖出了阳性的地道后，如果只是为了遇见阳性的王子，如果女性追求解放、自由、独立的终极目的或者说终极结果只是更好地取悦男性，成为灰姑娘、成为公主，哪怕只能依靠魔法在午夜降临之前绽放生命，那所有得到剪刀的幸运和挖通地道的努力都只不过成了一个悲剧性的笑话。

二、心理世界的欲望空间

尤素福日记中关于艾宰的部分是他用回忆、幻想、梦境构建的关于艾宰的欲望空间，这种欲望夹杂着亲情、友情、爱情和自我认同，呈现出反复和自我矛盾等特征。

他在梦中带着艾宰飞翔在麦加的上空，“麦加不会醒来，因为我们不曾睡去，如果我们不停地祈祷，麦加的梦永远不会醒过来”（P27）。

他幻想和艾宰在一件寿衣底下同床共寝、生儿育女。他把艾宰房间的窗户当作礼拜方向，觉得艾宰和他是一对双生子，彼此不能分开。当他骑着摩托车飞驰的时候觉得艾宰和他在一起，“速度表指向你，你就是我的方向，就是我傻傻地学习历史想要到达的地方”（P275）。学习历史不是为了回到过去，而是为了通向艾宰，他学习麦加的历史，从某种意义上说是为了重温或者说重新回到和艾宰在一起的童年，他明白长大后的艾宰不是他所能触碰的，所以他要用历史把他和她的回忆保存起来。在他的历史中，有着没有被黑色包裹起来的、没有被别人诱惑的艾宰，只有那样的艾宰存在的麦加，才是他的天堂和完美世界，也是他最终想要到达的那个地方。“是的，这辆摩托车，就是真正的我。”（P275）这句话点出了他向着死亡而生的状态，一辆疾驰的摩托车，速度表指示的是艾宰，他别无选择地只能让指针无限接近那个终极目标，也就是无限接近最高时速。“速度最终会要了你的命”（P61），但对尤素福来说，如果速度的终点是艾宰，那他会义无反顾地加大油门，无论最后是粉身碎骨还是葬身火海，只要可以到达那里。他“穿过一个个劈开麦加的隧道，周围开始有钢筋水泥玻璃的高楼大厦，穿过这些坚硬的物体，用最大的力量踩下油门，这些高楼开始从城市的皮肤上破裂、脱落，露出了消失的核心”（P275）。他问艾宰：“你没有感到我自出生以来第一次的轻快吗？我现在需要的就是在这横扫一切的大风里握住你，带着你一起烟消云散。”（P275）

小说中尤素福和艾宰没有一次正面的交流，从某种程度上说，尤素福的日记不仅仅是他自己的欲望空间，也是艾宰的存在空间。所以当艾宰嫁给姆沙白的秘密被揭开时，这个空间就崩塌了。艾宰出嫁那天的日记是由大号字记录的，日记的开头第一句话只有两个词：今天／我死了。“毫无征兆地，巷子被雷击中了，漫天沙尘，穆扎希姆突然带着她来到姆沙白花园，他们在那儿完成了婚约，天神扬起尘土，证婚人和穆扎希姆还有见证者离开了。这本该死的日记，这条该死的巷子。”（P313）尤素福想象着艾宰和姆沙白在一起的情景，满腔的爱变成了恶毒的恨：“被诅咒的艾宰，我会停止书写你，好好地彻头彻尾地死吧，真主不会怜悯你。”（P314）日记的最后都变成了喃喃自语般破碎的句子：“我写她还是不写她”“我困惑”“我不写了，让她在我的梦里死去”（P315）。从欲望饱胀到欲望消散，尤素福的心理空间也经历了开放到闭合、扩展到崩溃的过程。一开始看日记的时候，纳赛尔就觉得这本日记不是为了隐藏什么，而是为了告诉别人秘密，揭开一些秘密。因为尤素福雄心勃勃地要用他的这本日记卸下艾宰的黑纱、黑袍、一切遮蔽的面具，但最后他却坐在天台上没日没夜地撕毁自己的文字，不想再让任何人看见。

小说故事进行到最后，一路追踪钥匙秘密的尤素福在索比汗的办公室见到了努尔，她是艾宰或是阿伊莎，或者根本就是一个幻影，这些都不重要了，重要的是他终于可以像他在无数次幻想中做的那样，看着她，用“呼唤圣地一样”（P560）虔诚真挚的语调呼唤她。尤素福的欲望满足了，艾宰的存在也终止了，在努尔转身离开后，尤素福感到了身体撕裂般的疼痛，似乎暗示了艾宰的最终死亡。她并不是在她父亲去警察局报告说“停尸房那具尸体是我女儿艾宰”（P342）时死的，也不是在尤素福停止书写时死的，她是在尤素福关于她的所有欲望被现实满足时死的，因为她就是欲望本身。

如果我们把尤素福的这部分日记看成是男性对女性的心理欲望空间，那么阿伊莎的书信对应的则是女性对男性的心理欲望空间。在这个名叫“一”的文件夹里，是近百封阿伊莎写给他的德国爱人的邮件，然而这些用阿拉伯语书写的信件却从来没有发出去过，或者说即使发出去也不会得到回应，因为大卫一个阿拉伯字母都不懂，可以说书信是阿伊莎的独白。尤素福的日记分为两个部分，而阿伊莎的书信却是“一”，单纯的只有一个主题，这个主题看起来是她的爱人大卫，但事实上是她的爱本身。在书信中，阿伊莎好像是在和大卫说话，其实是在和自己对话，她在这些信里坦诚地记录了各种事件、念头、心情、回忆，还有好几段《恋爱中的女人》的翻译片段和评论文字。展开对爱、性、自由、生死等诸多问题的探讨和解释。她会描写最细微的身体感受，用女性特有的细腻触角，将这个欲望的空间勾画得绝望而唯美。她说：

“身体是阴阳两条河，我们在河里记录生命里的失望和快乐，而悲伤的时刻不断累积，堵塞了河道，河水不再流淌……”（P162）但是在大卫的触摸下，突然有一股力量从脊柱冲到头骨，扫荡了这一切悲伤的堵塞物，河道通了，氧气充盈，大卫让她“深深地呼吸，释放脊柱里被困的海豚”（P162）。突然地，阿伊莎可以闻到气味了，在这么多年后，她闻到了味道，大卫的味道，即使在回到了人头巷之后，这种味道也一直萦绕不去。这个叫大卫的男人不仅治疗她身体上的创伤，更慢慢浇灌了她本已在沙漠里枯死的心。大卫让阿伊莎着迷的地方在于他对她的温柔和宠爱，这是人头巷的姑娘们不曾也无法体验到的，人头巷的女人，不是男人的猎物就是男人的对手，尤素福、萨利赫所谓的爱是盲目而肉欲的，对于人头巷的男男女女，他们彼此之间没有以平等尊重为起点的宠爱这种关系模式。大卫跪在地上把她的双脚小心地放到轮椅的踏板上，推着她慢慢地走在空荡荡的巷子里，在广场上让她转圈，这些让阿伊莎忍不住叹息：“为什么我们不能被宠爱，被我们爱的人宠爱着？”（P206）即使在后来她发现自己只是大卫众多猎物中的一个时，也无法抽离自己的感情：“你说你生活的责任就是抚慰受伤的身体，用痛苦中的某些快乐拯救他们。每当你用快乐拯救一个身体的时候，就会暂时忘了其他的身体……”虽然对于被忽视的境遇感到痛不欲生，阿伊莎还是相信大卫不会忽视她太久：“我对你的残忍甘之若饴……你会回到我这里的。”（P260）品尝着从未体验过的美好滋味的阿伊莎沦陷在欲望中，像每个恋爱中的女人那样不断卑微地问大卫：“你爱我吗？”

阿伊莎不断在信中引用的《恋爱中的女人》这本书，可以说是她对爱和自由认知的启蒙课本，这本封面上有穿红色袜子女人的禁书被她藏在自己的秘密小空间里很久，她一直都不敢拿出来看，可就是这个封面上的一点猩红，像火星般一直闪亮在她的意识中，当她在德国完成治疗出院的时候穿上了红色的袜子，她自己称之为是“实现了一个梦”（P104）。刚开始阅读这本书的时候，她被感情强烈、性格叛逆的女主人公之一——古蒂兰深深吸引，她的言行举止深深地影响了阿伊莎，让她陷入一种对抗的情绪中，一种渴望危险的亢奋感中，她抱着书站在天台上面对整条巷子，在“死亡的气氛中”（P281）颤栗着，渴望有人发现她在看禁书，尽管这样她面临的可能不仅仅是责骂而是被杀，但她还是这么做了。她曾经以为自己是古蒂兰，但后来她逐渐意识到自己也许更像书中的另一位女主人公欧秀拉，她开始相信：“爱只是很少的属于人的东西，我信仰的不只是这些。极大丰富的情感不局限于人，而爱只是其中的一小部分。我相信我们应该到达的是内心深处未知的部分，比爱更多。”（P260）如果爱不是她要的全部，那还有什么？她发出这样的质问：“如果我们现在应该跳起来促成改变，打破人头巷的头，重新连接组合，作为改变我们地球命运的第一步，会怎样？”（P166）因为爱的缺失所以产生渴望，因为渴望所以变得勇敢，因为勇敢所以开始思考反抗：“每个民族的历史上都会有这么一个时期，她的人民对破坏的渴望超过了其他任何渴望，而对于个人来说，这种渴望就是自我毁灭，要通过破坏和放纵来回归最初。”（P167）这是阿伊莎翻译的《恋爱中的女人》中一段激烈的文字。所谓否定之否定，就是当一切积重难返时，只能全部推倒重来，不论是对个人还是对整个民族。但置之死地一定会生吗？这样的反思或者说激烈的抗争思想在阿伊莎的书信中虽然不是主流，但也时有流露，她在描述了人头巷中女孩子们的生存状态后曾质问：“人头巷对女孩子们有意见吗？”（P78）阿伊莎的书信在整体上是一种妥协和淡然的情绪，但这些质问和反思就像那只红袜子一样，成为书信中不时窜动的火星，让人感到阿伊莎体内不曾熄灭的对于生活而不仅仅是活着的热切愿望，不论是爱欲还是叛逆，都是她试图从活着走向生活的勇敢尝试。

《鸽子项圈》另外还有一些欲望则潜藏得更深，进入了人的梦境，按照弗洛伊德的精神分析理论，梦是潜意识的出口，而对文学来说，梦有时是一种更直接的叙事。萨利赫迷恋上橱窗里的玩偶，他在梦中看见了魔鬼，似乎在警告他不要去碰触那些“邪恶”的东西，可是他在梦中还看到了救世主马赫迪把半岛变成了天堂，这反映出他内心的挣扎和恐惧，但更多的是无法阻挡的冲动和欲望，他将偷抢玩偶的行为视为英雄对仙女的拯救。哈利利的新婚之夜，他在新娘身边鼾声大作，梦里，他和戴着面纱的艾宰媾和，但醒来后发现自己身下的是新婚妻子拉姆齐叶，身体对意志的这种背叛让他觉得自己恶心，他对艾宰的疯狂追求，就终结在那个梦中。穆阿兹在梦里看到自己和那些以前的摄影师融合在一起，他们的基因生长在自己的体内，他们的天赋也都为他所拥有，他渴望用这些天赋来展现《古兰经》让他看到的光芒，这是他一直压抑的成为摄影师的欲望在梦中的释放。

无论是物理世界的欲望空间还是心理世界的欲望空间，都是源自某种缺失。穆阿兹一直觉得自己是尤素福他们的影子，而他们则从来都没有"看到"过他；萨利赫也对尤素福说过，其实他爱着他们每个人，但是没有人看到这一切；大卫曾对阿伊莎说过"我看到了你"，就是这句话打消了她对感情所有的怀疑。《鸽子项圈》中的每个人都有某种缺失，最根本的是爱和自由的缺失，这种缺失促成了欲望的萌生，他们游离在各个空间里，放纵在各自的欲望里，就是为了填满那种缺失。缺失的根源，聚合的秘密，这一切的关键也许就在于那个咒语一般的词——"看到"，看到别人，也被别人看到。

"看到"这个词可以有两层含义：一是眼睛的看到，感官上的观赏；二是内心的看到，即理解和沟通。《鸽子项圈》里的大多数人在这两个层面上都是某种意义上的"盲人"，都没有真正看到。从眼睛的层面上说，男性看到的永远是黑袍，对于这一点，小说给予了反复的强调。尤素福从小伴着艾宰长大，他的世界很大一部分由她构成，但有一天当她长大，却要藏进黑袍里，他被告知和她的一切联系都要就此切断，"突然间，艾宰变得赤裸裸的，准备好了被活埋"（P71），他对她所有的记忆都停留在她穿上黑袍之前，在那之后，她就只活在他的书写里了。甚至当他想象新婚之夜的艾宰是如何与姆沙白缠绵的时候，脑海里也全部都是黑色，没有脸、没有手、没有脚，这样的想象，非常具有讽刺意味。穆阿兹去给阿伊莎送生活用品的时候，只能从门缝里看到一个背影。萨利赫发现："自己28年的生命就是一套海量的百科全书，从封面到封底都是黑色的，封面上写着《女性图片百科全书》，每当他打开一页想要寻找'×'，看到的是一块黑色，找照片'×'，黑色，找

‘××××’，黑色。整个青春期，每每醒来时的春梦中想象女人的胳膊、腿、肩膀触摸诱惑他时，眼前出现的只有黑色。”（P199）纳赛尔喜欢的那个苹果型发卡的女主人占据着他整个青春的幻想，他向她“伸出发烫的手指，拨开一层又一层的黑色，无穷无尽的黑色，一直到达黑色的中心”（271），可那里却仍然只有一只发卡。阿伊莎看着大卫画出来的自己感到害怕，因为从来没有谁如此清晰地看过自己，而这么清晰的自己居然留存在大卫的记忆里，让她觉得无处躲藏。这种因为长久地躲在面纱后面的微妙心情写得十分到位。对应人头巷里的男性对女性的认识，这样的清晰具有嘲讽的意味。无论男人还是女人，在这个世界里，都无法如此清晰地看清或者记忆一个女人的容貌，这样的男人和女人怎么可能正常地相处？

尤素福回忆少年时期带着艾宰去书店的情形时，对一系列近现代的哲学、文学巨著如数家珍，不惜篇幅地一个一个罗列作家、作品，毫无差错，唯独写到唯一的女性作家波伏娃的时候，把她的《第二性》写成了《第三性》。阿拉伯语中的二和三是两个完全不同的词，所以这不会是无心之错，而应该是有意为之。而且后面还有呼应，纳赛尔的车被堵在禁寺附近，周边都是运送朝觐者的大巴车，他看到很多很多女人都露着脸，“他发现自己并没有对这些难得一见的女性面孔有生理上的反应，他看着她们，好像她们是第三种性别”(P214)。其实何止是“不能被看到”的女性成为了第三种性别，“不能看到”的男性又何尝不是？

感官上的看不到，必然会导致心理上的隔膜感。无论是男性还是女性，都不知道如何同对方相处和交流。《鸽子项圈》中男性和女性的关系大多是不对称、不和谐的，而他们对彼此的认识大多也是片面甚至是有误解的。阿伊莎和前夫艾哈迈德之间没有任何的沟通和交流；哈莉迈对丈夫的感情与其说是爱，不如说是崇拜，她对丈夫神圣的麦加守护者家族血统深信不疑并为此骄傲，这是她艰难地独自抚养尤素福长大的最大动力；艾宰对姆沙白的感情中也夹杂着崇拜的成份，她告诉尤素福：“无论你如何尝试，姆沙白是不能被书写的。”（P315）尤素福误会阿伊莎是个很冷谈的人，穆阿兹觉得艾宰是巷子里的定时炸弹，穆扎希姆觉得哈莉迈满脑子不现实的幻想；尤素福对艾宰、纳赛尔对阿伊莎、姆沙白对艾宰的感情是夹杂着肉欲的爱慕；而穆扎希姆对杰米莱、萨利赫对苏阿迪叶、哈利利对土耳其女人则是出于纯粹的肉欲；大卫对阿伊莎的感情，更多也是处于肉体上的吸引，他甚至把阿伊莎称为“快感的武器”。

这些关系中几乎都没有面对面的交流，更不用说精神和灵魂的沟通了，即便是在结成最亲密的关系比如夫妻之后，也似乎仍然有看不见的黑纱横亘在他们中间，彼此之间的关系有时甚至会充满敌意。阿伊莎在艾哈迈德最后一次出现在她面前的时候仍然选择沉默以对；穆扎希姆在艾宰母亲的脸上常常会看到厌恶和挑衅的表情。这些人物之间偶尔的对话更像是一种自言自语，所有人眼中都只能看到自己和自己的欲望所投射的对象，每个人都生活在自己封闭的狭小空间中，无论是邻居、朋友、家人，对彼此而言，本质上都是陌生的。

艾哈迈德在最后一次见到阿伊莎之后的一段描写，十分传神地写出了这种看不到的局面：“一瞬间，房子都空了，只剩下那个写满了字的屏幕和那本落在他脚下向下翻开的书，封面是一个女人，封底是一个男人。女人没有注意男人拿着手绢、穿着到膝盖的红色袜子、戴着黑色的帽子、夹着一沓画儿、抬脚要走的姿态。在她的左边，是一张男人的脸，油亮的头发两边分开，像帘子一样垂在额头，绿色的眼睛睡意惺忪。”（P336）男人和女人之间，就是一本书的距离，可是一个在封面，一个在封底，看似在同一个空间，但永远无法互相“看到”。

在这些不同类型的空间中，我们看到小说故事中的每个人都似乎有某种情感缺陷，没有人是完整和谐的，多少都有着自己的矛盾和焦虑，而他们所谓的爱往往也是狭隘的，甚至是扭曲的，他们有着不同的追求，但却都受到了不同程度的挫败和挤压。这些不同空间是人物内心的折射，揭示了真实的人性在不利环境中挣扎、求索的状态。无论是神圣空间还是欲望空间，都可以看成是对现实空间的一种逃避或反抗，但现实终究是不可抗的，所以这些用来逃离或反抗的空间最终还是要面对现实，回到现实。

《鸽子项圈》里所呈现出来的空间的支离破碎和不同空间中同质的

矛盾和摇摆，也许是这个时代每个人内心图景的反映——不断加快的速度，不断缩短的距离。人与人、地与地之间的物理距离似乎越来越近，但心与心、情与情之间的距离却越来越远。人们生活在某处，灵魂却不安于此地；人们逃离到远方，却发现把自己丢失在了路上。无论是宗教还是回忆，都无法安抚越来越骚动不安的心灵，广袤的世界，难觅一方小小的避难所。

结语

在结尾处，让我们先回到小说的最初——小说的题目，它取自一千多年前安达卢西亚教法学家伊本·哈兹姆的著作《鸽子项圈：关于爱和伴侣》。小说借《鸽子项圈》之名，也有《鸽子项圈》之意，因为和那部研究爱的表现及其原因的书一样，小说中也谈到了形形色色的爱：两性之爱、宗教之爱、灵魂之爱、人性之爱、地域之爱……而鸽子的意象，也在书中反复出现并被细致地描绘：优素福在写给艾宰的信中把麦加比喻成一只脖颈色彩斑斓的鸽子，以此说明麦加汇集了世界各地的人们，目之所及，没有两个人肤色相同。还有，优素福在梦中和艾宰被一群鸽子载着翱翔天际，这些鸽子的脖子上是一道道彩虹，铺展在整个麦加。此外，书中还有鸽子振翅、咕咕叫、踱步、整理羽毛、大片集结等各种描写，作者在鸽子身上找到了一个理想的观察视角，临空俯瞰，将一切尽收眼底，就从这里出发，去描绘她的意义王国。

小说中多线缠绕的故事结构、众声喧哗的叙述者、碎片化的时间形态以及多元化的空间类型都暗中契合着鸽子项圈的象征意义——丰富而不单一，不同但又共存。小说中有各种矛盾冲突，但这些矛盾并不是简单的二元对立，而是相互作用的网状结构。年轻一代成长在不同的文化中，有自己的梦想和对世界的看法，然而以人头巷为代表的保守势力控制着话语权，他们是传统的、僵化的，厌恶改变，用传统的理念、权威武装自己，反对年轻一代的理想，甚至不惜与之公开为敌，成为横亘在年轻人和未来之间的障碍，但却没有察觉到自己也正一步步沦为金融势力、国家机器的牺牲品。而被压制的年轻人也并非那么义无反顾，他们同样摇摆于传统与现代之间，过去虽然是保守势力用以对抗他们的借口，但也成为他们躲避现代文明弊病的避难所，因为一不小心，他们就会在速度、欲望、金钱、权势面前迷失甚至异化。所有的这些矛盾冲突，都汇集在麦加这个事件和人物的中心，是神圣的、宗教的、人文的麦加不为人所熟知的另外一些意义：贪婪、暴力、极端主义、腐败、垃圾、贫穷、毒品、卖淫……这些有悖人性价值的扭曲的意义使飞翔在麦加上空的那只鸽子比伊本·哈兹姆的那一只多了几分暗哑的色彩。也许，今天的人们要想寻找到他们所需要的爱，也比伊本·哈兹姆那个时代更加地困难重重。

《鸽子项圈》为读者描绘了一幅迷宫般的麦加图景，这个麦加显然不同于乌托邦小说或者科幻小说中那些完全由作者虚构的空间，它具有不容置疑的真实性，但它也并不完全等同于现实中的那座伊斯兰圣地，不是你在地图上、搜索引擎中找到的麦加，因为它的虚幻性和真实性一样显著。《鸽子项圈》中的麦加不是我们通过其他任何途径可以认识的那座圣地，它只属于叙事文本，带有强烈的个人色彩，它是作者用自己独特的语言所构建的独一无二的麦加，是将时空隧道打通，将幻想与现实糅合构建的一个特殊的空间。它是有声音的：穆阿兹发现尸体的地方，有巷子尽头隐隐约约传来的琴声和鼓声；姆沙白的花园里，有千年历史的古琴奏出浑厚的音符，那叮咚声仿佛来自艾宰的思念，让她不敢面对。它是有色彩的：夜晚的麦加，霓虹闪烁，让突然从宁静的禁寺走出来的尤素福恍如身处赌城拉斯维加斯；秋天，毒风横扫过的麦加，好像被谁用纯黄色染过一般。它是有味道的：儿时的尤素福和艾宰跟着哈莉迈走过禁寺后面的小集市，各种点心香味扑鼻；在前往里巴比迪大宅的路上，家家户户厨房里飘出饭菜香；毒风吹过麦加的山丘和高楼，几乎要从砖缝间吹出胆汁来，等等。它有着不同的层次，集合了各种感官，承载着不同的情感，既是现实的，也是神圣的、欲望的。

《鸽子项圈》中的时间已不再是线性的，而具有了无限的弹性，人物意识互相交织，过去、现在、未来互相交织，造成了一种特殊的戏剧性效果，也极大地拓展了叙事文本的容纳度。文本故事里的一瞬，承载的往往是人物一生的内容或多个人物意识的高浓度凝聚。小说开头的那一具尸体使小说有了一种“向死而生”的意味，无论是否坦然，所有人都必须面对和接受终有一死的必然事实，然后重新定义过去、现在和将来的意义。现象学家伽达默尔把时间分为“空无的时间”和“属己的时间”[1]，前者指日常生活中经验的时间，后者则指生命完全舒展和充盈的时刻。在这一时刻中，人们不再计算时间，也不急于支配时间，生命和时间实现了融合，不再是剥夺和追逐的关系，一切都自然地流淌，钟表时间失去了意义。在《鸽子项圈》中，无论是过去、现在还是将来，都不是刻在钟表上的时间，而是流淌在意识里的生命时间。它不是完全舒展和充盈的，但却是抗争空虚的一种努力。如果放弃对时间秩序的执着，读者在小说里看到的会是一幅一幅在麦加及其周边同时上映的画面。这边是巷子里的尸体，那边是疯人院里的青年，一转身是山谷里的重生。如果从保存麦加的意义上说，这些共识性的画面比历时性的时间更有价值，因为线性发展的历史到巷子拆除的时候就已经结束了，然而这些画面却存在于空间里，继续对抗着时间，似乎具有某种永恒的意义。

《鸽子项圈》娴熟地运用了各种叙事技巧，表现出很多现代主义小说的特征，比如事件序列的非线性顺序、故事独立性的消解、大量的心理描写等。这个穿插着各种隐喻象征、历史传说、宗教寓言、幻想噩梦、内心独白，并且运用时间倒错、空间并置、多层叙述等叙事技巧构建起来的立体迷宫，常常使人抽离故事层面，陷入情绪、语言、感官的体验中。但同时我们还可以感受到小说明显的现实主义小说特点，如真实的细节、典型的形象、客观的立场等。它在运用现代叙事技巧的同时，保留了现实主义厚重而真实的内核。在一个对当下焦虑、对未来迷惘的“保守”社会，那些让情节消失、让人物“死亡”的现代小说固然显得新鲜而叛逆，似乎具备冲破桎梏的力量，但现实过于沉重，压得灵魂飞不起来，那就只能踏踏实实地贴近地面去直视不堪、接受污秽，挤压出心中的郁结。也许对于世界文学来说，现实主义小说已经是过去式，但文学应该是社会的镜子，只有触及社会核心问题的文学，才有永恒的价值。我们在《鸽子项圈》里看到的那个世界和纳吉布·马哈福兹笔下的世界相比，没有本质的改变，所以我们认为，现实主义小说或者

① 伽达默尔《美的现实性》，张志扬等译，北京：生活·读书·新知三联书店，1991年，第69—70页。

说现实主义内核的小说还将在今后很长一段时间成为阿拉伯文学的现在式，而这一点，也正是《鸽子项圈》的重要意义所在。

参考文献

中文专著部分：

1. 白莹《视觉地图》，重庆：重庆出版社，2007 年。
2. 彼得·亚当森、理查德·C·泰勒《阿拉伯哲学——剑桥哲学研究指针》，北京：生活·读书·新知三联书店，2006 年。
3. 蔡德贵、仲跻昆《阿拉伯近现代哲学》，济南：山东大学出版社，1996 年。
4. 蔡德贵《阿拉伯哲学史》，济南：山东大学出版社，1992 年。
5. 陈沫《列国志·沙特阿拉伯》，北京：社会科学文献出版社，2011 年。
6. 陈平原《小说史：理论与实践》，北京：北京大学出版社，2003 年。
7. 陈中耀《阿拉伯哲学》，上海：上海外语教育出版社，1995 年。
8. 戴维·赫尔曼《新叙事学》，马海良译，北京：北京大学出版社，2002 年。
9. 菲利浦·希提《阿拉伯通史》(第 10 版)(上下册)，马坚译，北京：新世界出版社，2008 年。
10. 盖勒特·斯图尔特《小说暴力——维多利亚小说的形义叙事学解读》，陈晞、杨春译，上海：上海外语教育出版社，2013 年。
11. 高长虹《符号与神圣世界的建构》，长春：吉林大学出版社，1993 年。
12. 汉纳·法胡里《阿拉伯文学史》，郅溥浩译，银川：宁夏人民出版社，2008 年。
13. 亨利·詹姆斯《亨利·詹姆斯文论选：小说的艺术》，朱雯等译，上海：上海译文出版社，2001 年。
14. 胡晓真《才女彻夜未眠：近代中国女性叙事文学的兴起》，北京：北京大学出版社，2008 年。
15. 黄华《权力、身体与自我：福柯与女性主义文学批评》，北京：北京大学出版社，2005 年。
16. 杰拉德·普林斯《叙事学：叙事的形式与功能》，徐强译，北京：中国人民大学出版社，2013 年。
17. J·希利斯·米勒《解读叙事》，申丹译，北京：北京大学出版社，2002 年。
18. 李银河《妇女：最漫长的革命》，北京：中国妇女出版社，2007 年。
19. 刘岩、马建军、张欣等《女性书写与书写女性》，上海：上海外语教育出版社，2012 年。

20. 刘一虹《当代阿拉伯哲学思潮》，北京：当代中国出版社，2001 年。
21. 吕同六《二十世纪世界小说经典理论》，北京：华夏出版社，1994 年。
22. 罗兰·巴尔特《罗兰·巴尔特文集》，北京：中国人民大学出版社，2008 年。
23. 马克·柯里《后现代叙事理论》，宁一中译，北京：北京大学出版社，2003 年。
24. 马振方《小说艺术论》，北京：北京大学出版社，1999 年。
25. 穆萨·穆萨威《阿拉伯哲学：从铿迭到伊本·鲁西德》，张文建、王培文译，北京：商务印书馆，1997 年。
26. 纳忠、朱凯、史希同《传承与交融：阿拉伯文化》，杭州：浙江人民出版社，1986 年。
27. 纳忠《阿拉伯通史》，北京：商务印书馆，1999 年。
28. 南帆《文学的维度》，北京：中国人民大学出版社，2009 年。
29. 彭树智《阿拉伯国家史》，北京：高等教育出版社，2002 年。
30. 邱运华《文学批评方法与案例》，北京：北京大学出版社，2006 年。
31. 热拉尔·热奈特《叙事话语 / 新叙事话语》，王文融译，北京：中国社会科学出版社，1990 年。
32. 申丹、韩加明、王丽亚《英美小说叙事理论研究》，北京：北京大学出版社，2005 年。
33. 申丹、王丽亚《西方叙事学：经典与后经典》，北京：北京大学出版社，2010 年。
34. 申丹《文学体与小说翻译》，北京：北京大学出版社，1995 年。
35. 申丹《西方文体学的新发展》，上海：上海外语教育出版社，2008 年。
36. 申丹《叙事、文体与潜文本：重读英美经典短篇小说》，北京：北京大学出版社，2009 年。
37. 申丹《叙述学与小说文体学研究》，北京：北京大学出版社，1998 年。
38. 苏珊·兰瑟《虚构的权威——女性作家与叙事声音》，黄必康译，北京：北京大学出版社，2002 年。
39. 孙承熙《阿拉伯伊斯兰文化史纲》，北京：昆仑出版社，2001 年。
40. 唐伟胜《叙事》(中国版)(第 2 辑)，广州：暨南大学出版社，2010 年。
41. 唐伟胜《叙事》(中国版)(第 3 辑)，广州：暨南大学出版社，2011 年。
42. 唐伟胜《叙事》(中国版)(第 4 辑)，广州：暨南大学出版社，2012 年。
43. 王长才《阿兰·罗伯：格里耶小说叙事话语研究》，成都：巴蜀书社，2009 年。

44. 王铁铮、林松业《中东国家通史：沙特阿拉伯卷》，北京：商务印书馆，2000 年。
45. 王先霈《文学文本细读讲演录》，桂林：广西师范大学出版社，2006 年。
46. 威廉·穆尔《阿拉伯帝国》，周术情、吴彦等译，西宁：青海人民出版社，2006 年。
47. 吴彦《沙特阿拉伯政治现代化进程研究》，杭州：浙江大学出版社，2011 年。
48. 徐岱《小说叙事学》，北京：商务印书馆，2010 年。
49. 薛庆国《薛庆国选集》，北京：外语教学与研究出版社，2011 年。
50. 杨建玫《女性的书写》，北京：经济管理出版社，2012 年。
51. 翟世镜《论小说与小说家》，上海：上海译文出版社，1986 年。
52. 詹姆斯·温布兰特《沙特阿拉伯史》，韩志斌、王泽壮、尹斌译，上海：东方出版中心，2009 年。
53. 詹姆斯·费伦《作为修辞的叙事》，陈永国译，北京：北京大学出版社，2002 年。
54. 张弘、余匡复《黑塞与东西方文化的整合》，上海：华东师范大学出版社，2010 年。
55. 张京媛《当代女性主义文学批评》，北京：北京大学出版社，1992 年。
56. 张万敏《认知叙事学研究：以鲍特鲁西和迪克森的"心理叙事学"为例》，北京：中国社会科学出版社，2012 年。
57. 张寅德《叙述学研究》，北京：中国社会科学出版社，1989 年。
58. 郅溥浩《解读天方文学》，银川：宁夏人民出版社，2007 年。
59. 仲跻昆《阿拉伯文学通史》(上、下)，南京：译林出版社，2010 年。
60. 仲跻昆《阿拉伯现代文学史》，北京：昆仑出版社，2004 年。

阿文部分：

1. أحمد أمين: "فجرالإسلام "، الهيئة المصرية العامة للكتاب، 1997.
2. أحمد بدوي: "أسس النقد الأدبي عند العرب"، مطبعة لجنة البيان العربي، 1964.
3. بثينة شعبان: "مئة عام من الرواية النسائية العربية ٩٩٩١-٩٩٨١»، دارالآداب، بيروت،1999.
4. رجاءعالم: «خاتم"،المركزالثقافي العربي، الدارالبيضاء، الطبعة الثانية، 2007.
5. رجاءعالم: "ستر"، المركز الثقافي العربي، الدارالبيضاء، 2005.
6. رجاءعالم: "طوق الحمام"،المركزالثقافي العربي، الدارالبيضاء، الطبعة الثانية، 2011.
7. رانة نزال: "بيت العين: "المؤسسة العربية للدراسات والنشر، بيروت، 2008.

8. زكي نجيب محمود: "تجديدالفكرالعربي"، دارالشروق، 1982.
9. الطاهرأحمد مكر: "دراسة في مصادرالأدب"، دارالمعارف، الطبعة الرابعة، 1977.
10. ظافر القاسمي: "الحياة الاجتماعية عند العرب"، دارالنفائس، 1978.
11. عبد الله محمد الغذامي: "تأنيث القصيدة والقارئ المختلف"، المركز الثقافي العربي، بيروت / الدار البيضاء، 1999.
12. عبد اللطيف الطيباوي: "محاضرات في تاريخ العرب والإسلام"، دارالأندلس، 1979.
13. محمد رفيق الطيب: «العالم العربي والتحديات المعاصرة"، دارالنفائس، 2010.
14. محمدعبدالجابري: "بنية العقل العربي"، مركز دراسات الوحدة العربية، 2004.
15. هيام رمزي الدردنجي: "النخلة والاعصار"، دار الكرم للنشروالتوزيع، عمان، 1985.

英文部分：

1. Baker, William Glen. *The Cultural Heritage of Arabs, Islam, and the Middle East*. Dallas: Brown Books, 2003.
2. Fauconnier, Gilles. *Mappings in Thought and Language* (First Edition). Cambridge: Cambridge University Press, 1997.
3. Fauconnier, Gilles & Mark Turner. *The Way We Think: Conceptual Blending and the Mind' s Hidden Complexities*. New York: Basic Books, 2003.
4. Frangieh, Bassam K. *Anthology of Arabic Literature, Culture, and Thought from Pre-Islamic Times to the Present*. New Haven: Yale University Press, 2005.
5. Lakoff, George & Mark Johnson. *Philosophy in the Flesh: The Embodied Mind and Its Challenge to Western Thought*. New York: Basic Books, 1999.
6. Lakoff, George & Mark Johnson. *Metaphors We Live By*. Chicago: University of Chicago Press, 2003.
7. Meisami, Julie Scott. *Encyclopedia of Arabic Literature*. London: Routledge, 1998.
8. Patai, Raphael. *The Arab Mind* (Revised Edition). New York: Hatherleigh Press, 2007.
9. Said, Edward W. *Orientalism*. New York: Vintage Books, 1979.
10. Simmons, Matthew R. *Twilight in the Desert: The Coming Saudi Oil Shock and the World Economy*. Hoboken: John Wiley and Sons, 2006.
11. Weston, Mark. *Prophets and Princes: Saudi Arabia from Muhammad to the Present*. Hoboken: John Wiley & Sons, 2008.

中文论文部分：

1. 代晓丽，福克纳小说《押沙龙！押沙龙》叙事修辞艺术研究，上海外国语大学博士论文，2012 年。
2. 杜秋丽，巴尔加斯·略萨小说中的叙事时空机制，山东大学硕士论文，2012 年。
3. 葛纪红，福克纳小说的叙事话语研究，苏州大学博士论文，2009 年。
4. 胡妮，托妮·莫里森小说的空间叙事，上海外国语大学博士论文，2010 年。
5. 黄培昭，朝觐：跨越千载的伊斯兰文化景观，《世界知识》，2009 年第 24 期。
6. 李红梅，伍尔夫小说的叙事艺术，苏州大学博士论文，2006 年。
7. 刘军，文本细读："文学场"建构的基石，《河南大学学报（社会科学版）》，2012 年第 3 期。
8. 龙迪勇，空间叙事学，上海师范大学博士论文，2008 年。
9. 苗变丽，新世纪长篇小说叙事时间研究，河南大学博士论文，2011 年。
10. 秦丽峰，沙特民主化进程中的女性话语，对外经济贸易大学硕士论文，2007 年。
11. 申丹，对叙事视角文类的再认识，《国外文学》，1994 年第 2 期。
12. 申丹，何为"隐含作者"，《北京大学学报（哲学社会科学版）》，2008 年第 2 期。
13. 申丹，视角，《外国文学》，2004 年第 3 期。
14. 申丹，叙事形式与性别政治——女性主义叙事学评析，《北京大学学报（哲学社会科学版）》，2004 年第 1 期。
15. 申丹，叙事学，《外国文学》，2003 年第 3 期。
16. 唐伟胜，性别、身份与叙事话语：西方女性主义叙事学的主流研究方法，《天津外国语学院学报》，2007 年第 3 期。
17. 王勇，自由间接话语与叙事声音的困境，《当代外国文学》，2004 年第 3 期。
18. 吴庆军，《尤利西斯》的叙事艺术，湖南师范大学博士论文，2005 年。
19. 赵晶辉，小说叙事的空间转向，《外语教学》，2011 年第 5 期。
20. 朱桃香，叙事理论视野中的迷宫文本研究——以乔治·艾略特与翁伯托·艾柯为例，暨南大学博士论文，2009 年。

致 谢

特别感谢北京语言大学阿拉伯研究中心罗林教授，没有他的支持和鼓励，就不会有这本书的出版。

感谢我的导师、北京外国语大学薛庆国教授，感谢他在文学研究这条道路上给予我的指引，并能在百忙之中抽出时间为这本书写序。

在书稿的写作过程中，以下老师和同事们提供了很多宝贵的意见和有益的帮助：齐明敏教授、张洪仪教授、魏崇新教授、林丰民教授、谢秩荣教授、吴晓琴教授以及刘欣路、李振华和唐珺，在此向他们表示最为诚挚的谢意。

感谢北京语言大学中东学院和阿拉伯研究中心所有同人给予的温暖关怀，特别是李赫男从书稿签约到出版一路给予的无私帮助。

感谢家人的陪伴和理解。

最后要特别感谢北京语言大学出版社的唐琪佳老师、张莹老师和其他不能叫上名字的老师，在临近春节的假期还要为这本书辛勤工作，你们的耐心细致和专业态度让我非常敬佩和感动。